박정수 판타지 장편 소설
FUSION FANTASY STORY & ADVENTURE

흑마법사 무림에 가다

dream books
드림북스

흑마법사 무림에 가다 14
흑풍마황

초판 1쇄 인쇄 / 2010년 3월 19일
초판 1쇄 발행 / 2010년 3월 29일

지은이 / 박정수

발행인 / 오영배
편집장 / 김경인
펴낸 곳 / (주)삼양출판사 · 드림북스

주소 / 서울특별시 강북구 미아8동 322-10호
대표 전화 / 02-980-2112 팩스 / 02-983-0660
편집부 전화 / 02-980-2116 팩스 / 02-983-8201
블로그 / blog.naver.com/dream_books

등록번호 / 제9-00046호
등록일자 / 1999년 3월 11일

ⓒ 박정수, 2010

값 8,000원

(주)삼양출판사 · 드림북스의 서면 허락 없이는 어떠한
형태나 수단으로도 이 책의 내용을 이용하지 못합니다.

ISBN 978-89-542-3549-5 04810
ISBN 978-89-542-2686-8 (세트)

* 지은이와 협의하에 인지는 생략합니다.
* 잘못된 책은 구입한 곳에서 바꾸어 드립니다.

흑마법사 무림에 가다

14 흑풍마황

박정수 판타지 장편 소설

FUSION FANTASY STORY & ADVENTURE

목차

제1장 통합 마탑 · · · · 009

제2장 늑대왕 용병대의 위기 · · · · 039

제3장 흑사신의 위용 · · · · 081

제4장 핏빛 거리 · · · · 109

제5장 대흑마법사의 귀환 · · · · 133

제 6 장 반격의 서막 · · · · *165*

제 7 장 이베른의 최후 · · · · *197*

제 8 장 무림으로의 귀환 · · · · *229*

제 9 장 반사(半死)의 황제 · · · · *255*

제 10 장 흑풍마황 · · · · *281*

에필로그 · · · · *307*

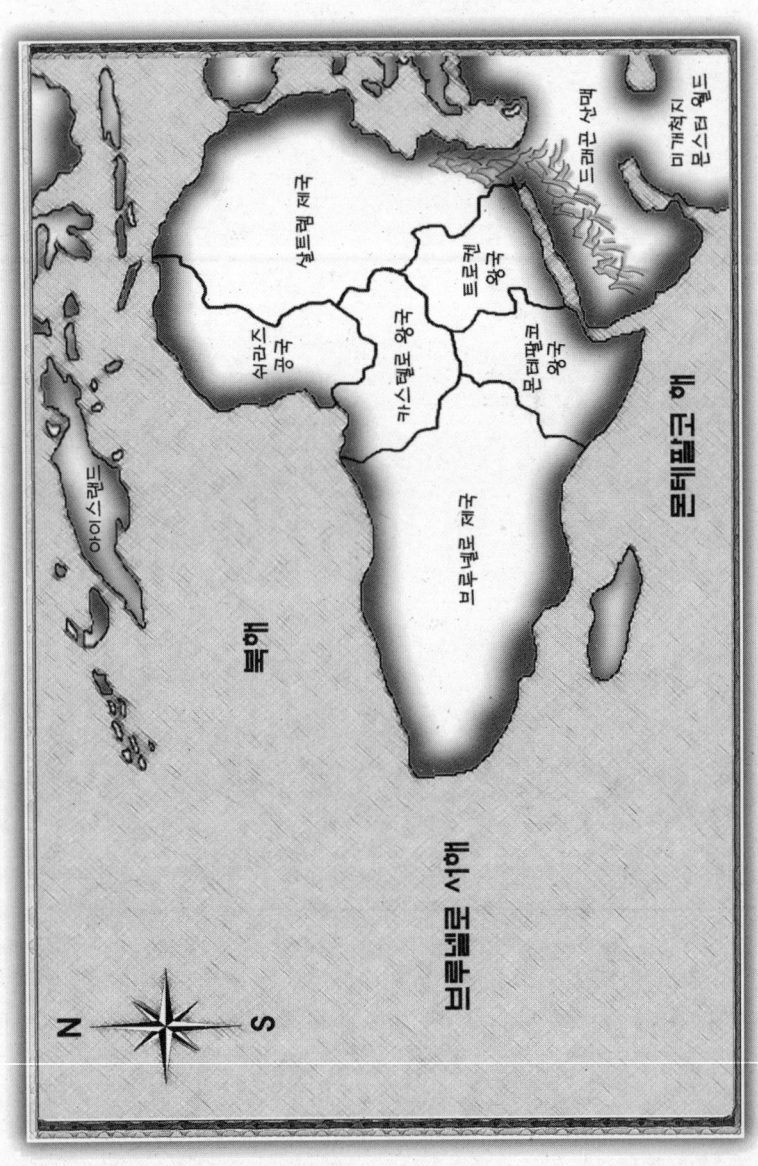

하르센 대륙(100년 전쟁 전)

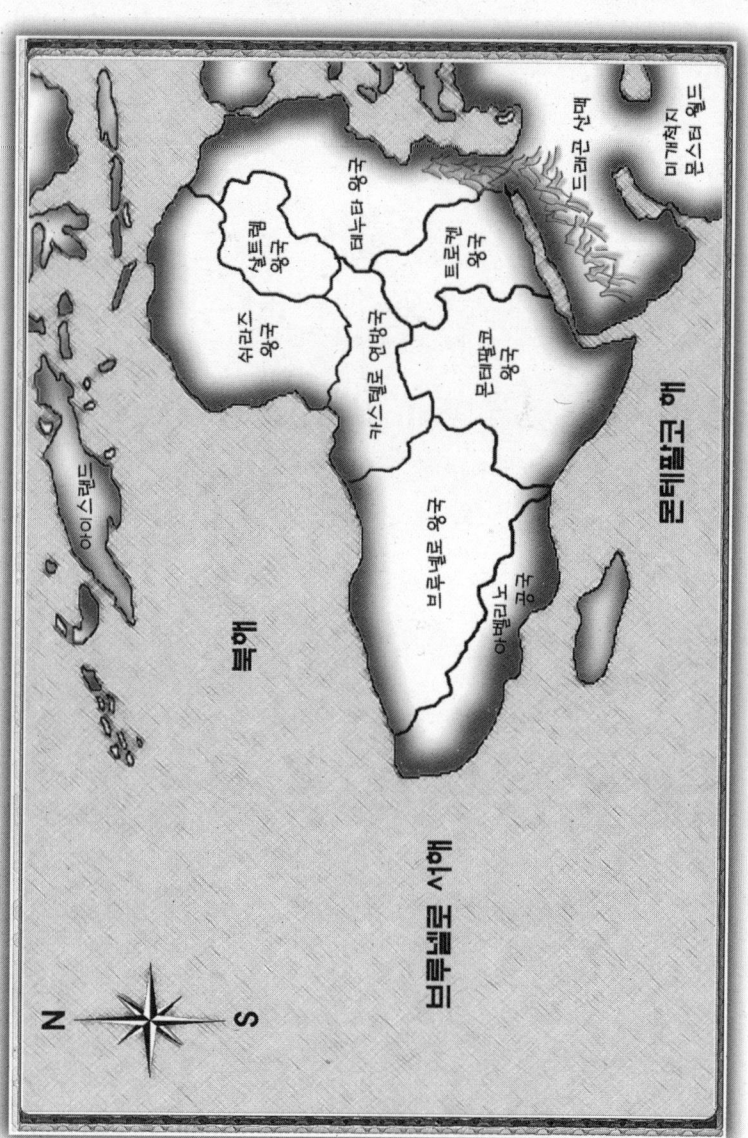

제1장
통합 마탑

통합 마탑

인간의 몸에는 하나의 마나만 흐른다.

그 말인즉슨 몸에 흐르는 마나의 색도 하나라는 뜻이다.

하지만 이베른의 심장 주위엔 붉은 마나, 푸른 마나, 그리고 황토빛 마나가 새끼줄처럼 배배 꼬여 있었다. 서로의 마나가 섞이지도 않았고, 그렇다고 하나가 되지도 않은 묘하게 공생하는 형색이었다.

화르르륵.

붉은 마나가 활성화 되자 이베른의 동공이 붉게 변했다.

익숙한 느낌.

그건 바로 자신이 평생을 함께한 태양의 신 스피네타 고유의 마나였다.

이베른은 붉은 마나를 살짝 죽이며 푸른 마나를 일으켰다.

쏴아아아—

거대한 해일처럼 푸른 마나가 이베른의 몸을 휘감았다. 동시에 이베른의 눈동자는 붉은색에서 푸른색으로 변했다.

그것은 바다의 신 샤메일의 푸른 마나였다.

바다는 거세지만 한편으로 청명하다.

하지만 이베른은 슬쩍 낯을 찌푸렸다.

그에게 있어 이런 청명함이 오히려 불쾌하게 느껴진 까닭이다. 아무리 같은 빛의 부신, 아레스의 종신들의 마나라고는 하지만 종신들 사이에서도 상생과 상극을 의미하는 각자의 간극이 존재하기 때문이다.

종신들 중에서는 바로 태양의 신, 스피네타와 바다의 신, 샤메일이 상극을 대표하는 두 종신이었다.

'하지만 이제는 내가 포용해야 할 마나가 아닌가.'

이베른으로선 아무리 상극의 성질을 띤 마나라 해도 조심스럽게 융화를 시켜야 했다. 그것은 장차 익숙해져야 할 느낌이고, 힘이었다.

이베른의 눈동자 색이 다시 황갈색으로 바뀌었다.

이번에는 대지의 신, 듀락의 황토빛 마나를 일으킨 것이다.

웅장한 대지의 힘이 발에서부터 머리까지 가득 차올랐다. 마치 광야를 내달리는 듯한 중후하고 충만한 힘이 느껴졌다.

붉은색, 푸른색, 그리고 황갈색으로 변했던 이베른의 눈동자가 잠시 후 본래의 녹색으로 되돌아왔다.

꾸욱.

마나를 일곱 개의 서클로 갈무리한 이베른은 강렬해진 힘에 도취되어 자신도 모르게 주먹을 말아 쥐었다.

한일(一) 자로 굳게 다물어져있던 입술 끝이 살짝 말려 올라갔다.

"크하하하하하!"

짙어진 미소만으로는 성이 차지 않은지 이베른은 결국 광소에 가까운 웃음을 터트렸다.

'네놈이 제아무리 8서클이라고 해도……'

이베른의 눈동자에서 살광이 번뜩였다.

쿵쿵쿵!

그때 문을 거칠게 두드리는 소리가 들려왔다.

"스승님, 사크스입니다."

"무슨 일이냐?"

"샤메일 마탑에서 셰이머스 마탑주를 찾고 있습니다."

제법 시간이 흐른 모양이다.

이베른은 문을 향해 손을 휘저었다.

딸깍, 하고 잠긴 문이 열리자 사크스가 안으로 들어왔다.

"셰이머……"

셰이머스 마탑주를 찾던 사크스는 방 안에 이베른밖에 보이지 않자 고개를 갸웃거렸다.

"스승님, 다른 마탑주 분들께서는……."

사크스는 조심스럽게 물었다.

이베른은 사크스를 쳐다보며 강렬한 눈빛을 뿌렸다.

"사크스, 지금 가서 부탑주를 불러오너라. 당장!"

이베른의 단호한 명령에 사크스는 일체의 의문을 접고 허리를 숙였다.

"알겠습니다, 스승님."

사크스는 서둘러 나간 후, 곧 부탑주 마이런과 함께 이베른의 연구실로 되돌아왔다.

"부르셨습니까, 마탑주님."

마이런이 이베른 곁으로 다가왔다.

"이 시각 이후 셰이머스, 카밀로 마탑을 우선으로 해서 모든 마탑들을 차례로 접수한다."

"그, 그 무슨……."

마이런은 너무도 놀란 나머지 고개를 번쩍 들고 이베른을 뚫어질 듯 쳐다보았다.

"태양의 마탑은 이제 마이런, 부탑주 자네의 것이다."

의문이 가득한 명이었지만 그보다 이베른이 던진 제안은 너무나도 달콤한 꿀과 같았다.

평생 태양의 마탑에 몸을 담아온 마이런이었다.

젊은 시절 그 역시 마탑주 자리를 원하지 않은 것은 아니었다. 또한 이베른 밑에서 그는 승승장구하며 젊은 나이에 부탑주 자리에 올랐었다.

그리고 훗날 이베른이 은퇴하면 마탑주 자리도 자신의 것이 될 것이라 믿어 의심치 않았었다. 적어도 사크스라는 아이가 이베른의 대제자가 되어 천재적인 능력을 발휘하기 전까지는.

하지만 대제자 사크스가 마흔 살에 접어들며 6서클에 오르자 그는 한동안 암울한 나날들을 보냈다.

사크스는 자신보다 10여 년이나 빨리 마법에서 놀라운 성취를 보였으니까.

마이런는 그때 마탑주가 되겠다는 꿈을 버렸다.

부탑주의 지위가 그가 도달할 수 있는 최종점이자 더는 올라갈 수 없는 한계라 여겼다. 그렇다고 회한이 남지 않은 건 아니었다. 체념했다고는 하지만 그토록 바라마지 않던 마탑주의 자리는 가슴 한구석에 앙금처럼 남아 평생의 한이 되어 굳게 틀어박혀 있었다.

그에게 마탑주는 죽어서야 단념할 수 있는 평생의 염원인 것이다. 마침내 지금 그 기회가 온 것이다.

마이런은 입술을 굳게 다물며 고개를 숙였다.

"당장 모든 제자들을 소집하겠습니다."

"마이런 부탑주. 그대는 바다, 샤메일 마탑을 맡으라. 그리고 사크스. 너는 대지, 듀락 마탑을 맡아라."

"명!"

마이런은 나이에 어울리지 않게 젊은이들처럼 걸걸한 목소리로 복명했다.

 자신의 자리일 줄 알았던 마탑주의 자리가 날아갔건만 사크스는 싱글벙글 환하게 미소 짓고 있었다.

 사크스는 눈치가 빨랐다.

 그리고 총명했다.

 그렇기에 이베른이 그린 그림의 전체 윤곽을 본 것이다.

 "최선을 다해 접수하겠습니다, 스승님."

 사크스와 마이런이 다급히 방을 빠져나갔다.

 '카칸!'

 모두 나간 후 이베른은 마현의 모습을 떠올렸다.

 '고맙다! 너로 인해 망설임 없이 더 강한 힘을 취할 수 있게 해줘서. 나는 다시 너를 밟고 전설을 이룰 것이다!'

 그 순간 이베른의 눈동자에서는 붉은빛, 푸른빛, 황토빛이 교묘하게 어울리며 빛을 발했다.

　　　　　　　*　　*　　*

 사신 카디악.

 그는 죽음을 관장하는 어둠의 신이다.

 그렇기에 죽은 언데드들의 부활에 그 어떤 신보다 더 깊게 관여한다.

―크하아악!

 언데드로 다루기 힘든 자들은 살아 있을 때 보통 신을 섬기는 직종에 몸담고 있었을 경우이다.

 지금은 겨우 명맥만 유지하는 신관이나 성기사, 그리고 일종의 신성력이라고 해도 과언이 아닌 종신들의 권능을 이어받은 백마법사들이 거기에 속했다.

 과거에는 조화, 스플린 마탑의 제자들을 언데드의 일종인 다크메이지로 감히 부활시킨다는 것은 상상도 할 수 없는 일이었다.

 하지만 지금은 다르다.

 바로 사신 카디악의 권능이 마현의 마력 속에서 힘을 발휘한 것이다.

 비록 그들이 조화의 종신, 스플린의 권능을 이었다고는 하지만 그들도 사람인 이상 죽는 순간, 사신 카디악의 죽음에 권속될 수밖에 없다. 그렇기에 다시 그들을 언데드로 불러일으킬 수 있는 것이다.

―크하하하!

 벨로의 수제자인 오셀로가 섬뜩한 사기를 풀풀 풍기며 언데드 특유의 음산한 괴성을 다시금 내질렀다. 그런 오셀로의 양손 위에 검붉은 불덩이가 피어올랐다.

 순수한 사기와 마기로 재탄생되었기 때문이었다.

 쿠오오오!

얼굴을 굳힌 오셀로는 한 치의 망설임도 없이 벨로를 향해 불덩이를 날렸다.

"헙!"

사색이 된 벨로는 반격할 생각도 하지 못한 채 급히 몸 주위에 실드를 쳤다.

콰과광!

실드 위를 가득 덮는 화마 위로 몇 개의 불덩이가 더 떨어졌다. 그럼에도 불구하고 벨로는 실드 안에 몸을 웅크린 채 반격하지 않았다. 아니 못했다.

그에게 있어 오셀로는 자식과도 같은 제자였기 때문이었다.

"찢어죽일 놈! 너를 반드시 죽여 버리겠다!"

결국 벨로는 실드에서 튀어나와 광기 어린 살심을 드러냈다. 그리고는 플라이 마법과 블링크 마법을 이용해 마현 앞으로 튀어나가 마력을 폭사시켰다.

"광풍이 대지의 모든 것을 파괴하리라, 토네이도 어택. 화염의 근원인 순수한 불이 뒤를 이를 것이리라, 퓨어 파이어(Pure fire)!"

조화를 상징하는 스플린의 권능을 사용하는 벨로답게 그는 그 어떤 속성에 편중되지 않은 채 자유자재로 마현을 향해 마법공격을 퍼부었다.

조화 스플린의 권능은 그 장점만 놓고 본다면 최강의 마탑이 되어도 하등 이상하지 않을 것 같지만 현실은 그러하지 못했다. 이 같은 파격적인 장점이 있으면 그 반대급부로 일어나는 단점도 있는 법.

그건 똑같은 7서클의 대인살상마법을 펼쳐도, 아니 다른 그 어떤 마법을 펼쳐도 그 위력은 절반을 약간 상회할 정도라는 것이다.

쐐아아아— 화르륵—

거대한 토네이도, 회오리바람이 마현을 덮쳤고 그와 동시에 바람과 상생이 잘 어울리는 불이 더해졌다. 하지만 마현이 거기서 느끼는 압박감은 네이폴의 토네이도 어택 마법을 받을 때보다도 덜했다.

그나마 상생 작용을 이용한 중첩 마법으로 인해 약점을 간신히 덮었을 뿐이었다.

"훗!"

마현은 가소롭다는 듯 씩 웃으며 마치 빙판에서 미끄러지듯 허공에서 뒤로 주르르 물러났다.

파밧!

그리고 그 사이로 검은 그림자가 튀어 올라왔다.

그것은 바로 벨로가 눈에 넣어도 아프지 않을 대제자 오셀로였다.

—크하아아!

오셀로는 안광을 번뜩이며 흉소와 함께 다시 불덩이를 만들었다.

그 모습에 벨로는 입술을 질끈 깨물었다.

비록 죽어 언데드가 되었다고는 하지만 자신의 손으로 차마 소멸시킬 수는 없었던 것이다.

하지만 계속 아슬아슬한 위기에 처하자 그로선 갈등하지 않을 수 없었다.

벨로는 입술을 질끈 깨물었다. 그가 조금 전 시전한 것은 마력을 최대한 일으킨 대인살상 마법이었다.

그걸 회수하기 위해 마나 공명을 끊는다면 자신에게 돌아오는 반발력은 감당하기 힘들 것이다. 하지만 벨로는 가차 없이 토네이도 마법과 퓨어 파이어 마법 사이의 공명을 끊어버렸다.

빠직!

마치 나뭇가지가 부러지는 듯한 파음이 벨로의 심장에서 들려왔다. 이어 벨로의 입가로 가느다란 핏줄기가 흘러내렸다. 그 순간 플라이 마법으로 허공에 떠 있던 그의 몸이 휘청거리며 아래로 떨어졌다.

콰과광!

그러는 사이에도 벨로는 아쿠아볼로 오셀로가 날린 두 불덩이를 무력화시켰다.

그 여파로 벨로는 처박히듯 바닥에 내려섰다.

—크하하하!

—크하아아!

힘겹게 몸을 바로세운 벨로의 뒤로 또 다른 흉소가 터져 나왔다. 그와 함께 온 조화, 스플린 마탑의 마법사들이었다.

 비록 서클은 떨어졌지만 그들은 일제히 벨로를 향해 공격 마법을 날렸다.

 숱한 불덩이와 칼처럼 날카로운 바람들, 창처럼 예기를 드러낸 물화살들이 벨로를 향해 퍼부어졌다.

 "바람이 분노하나니, 레이지 오브 토네이도(Rage of tornado)!"

 그의 목소리에도 그의 마법처럼 분노가 담겨 있었다.

 쿠아아아아앙!

 바람이 만들어낸 소리라고 하기엔 너무나도 거친 굉음이 그의 몸 주위에서 솟구쳤다.

 그 바람은 하나의 방어막이 되어 그의 몸에 떨어지는 숱한 살상 공격 마법을 분쇄시키고 허공으로 날려버렸다. 거친 회오리바람 사이에서 몸을 드러낸 벨로의 표정은 흡사 악마처럼 싸늘하기 그지없었다.

 "모든 땅을 뒤흔들지어다, 사이즈 트레머(seismic tremor)!"

 거센 회오리바람이 땅으로 스며들자 이번에는 땅거죽이 요동쳤다.

 그그극, 콰그그극!

 거친 힘을 이기지 못한 땅바닥은 육중한 울음을 토해내며 갈라졌다.

―크하아악!

 일제히 공격 마법을 퍼붓던 다크메이지들은 벨로가 만들어 낸 지진 마법에 휩쓸렸다. 하지만 이미 인성이 사라진 존재들이라 더욱 짙은 흉성을 터트리며 어떻게든 그곳을 빠져나오려고 할 뿐이었다.

 "화마가 지상을 덮치니, 파이어 레인!"

 오셀로와 달리 벨로는 다크메이지로 변한 다른 제자들을 상대할 때는 손속에 자비를 두지 않았다.

 화드드드득!

 활활 타오르는 불덩이들이 순식간에 만들어진 붉은 구름에서 지상으로 후드득 떨어졌다.

 벨로를 덮치던 다크메이지들의 몸은 화마를 이기지 못하고 녹아 흘러내렸다.

 하지만 다크메이지들은 언데드.

 팔다리가 녹아 흘러내리며 떨어져 나갔어도, 심지어는 머리가 반쯤 녹아 사라졌어도 그들은 흉흉한 괴성을 멈추지 않은 채 벨로를 향해 더욱 적의를 드러내며 쉴 새 없이 공격 마법을 퍼부었다.

 벨로가 진땀을 흘리며 다크메이지들의 숱한 공격 마법을 막아낼 때였다.

 우우우웅!

 상당한 마나가 주변 공기를 뒤흔들었다.

벨로는 안색을 굳히며 빠르게 고개를 돌렸다. 그런 벨로의 안색이 돌처럼 딱딱하게 굳어졌다. 그 마나의 주인이 바로 오셀로였던 까닭이었다.

 '이대로는 안 된다!'

 벨로는 섬뜩한 눈빛으로 오셀로의 뒤쪽 허공에 떠 있는 마현을 올려다보았다.

 마현을 죽여야 이 일이 끝난다는 것을 벨로는 누구보다 잘 알고 있었다. 하지만 증오감이 들끓어 올랐지만 마현을 죽이는 일은 쉽지 않았다.

 오셀로의 얼굴을 지나쳐 마현을 올라다보는 벨로의 눈동자에서는 서슬 퍼런 독기가 피어올랐다.

 '나는 오늘 이 자리에서 죽으리라. 하지만 네놈 역시 기필코 죽일 것이다!'

 오셀로를 향한 집착에 가까운 한없는 자애.

 마탑주들 사이에서도, 조화, 스플린 마탑 내에서도 그의 그런 내리사랑은 유명했다.

 평생 마법과 권력에 미쳐 살았던 벨로였다.

 벨로가 오셀로를 제자로 받아들였을 때 그는 말조차 제대로 하지 못하는 갓난아이였다. 그런 오셀로가 벨로에게 처음 했던 말이 바로 '아빠'였다.

 물론 사고력조차 제대로 갖지 못한 오셀로가 그 단어의 의미를 알고 말 한 것은 아니었다. 하지만 그 순간 벨로의 가슴은 뭉클했고 삶의 희열로 달아올랐다.

그리고 그 날 이후, 오셀로는 벨로에게 더없이 소중한 자식이 되었다.

비록 양자로 받아들이지 않았지만 그는 오셀로를 자신의 지식으로 내내 마음속에 담아온 것이다. 어차피 그에게 양자나 제자나 거기서 거기였기 때문이다.

벨로에게 있어 오셀로는 바로 그런 존재였다.

그런 오셀로가 눈앞에서 죽었다.

그리고 마현의 손에 의해 생각하기에도 끔찍한 언데드가 되어 자신을 공격하고 있다.

벨로에게는 삶의 마지막 끈이 끊어진 셈이다.

'사랑한다, ……아들아!'

그동안 그 말을 하고 싶었지만 내내 하지 못하고 살았다. 이제 오셀로에게 해 줄 수 있는 벨로의 마지막 사랑은 영원한 안식을 갖게 해주는 것뿐이었다.

그것을 위해서 지금 자신의 목숨마저 던지려는 것이다.

미안함과 사랑, 그 복잡한 심경이 담긴 벨로의 눈동자는 피처럼 붉었다.

결심을 굳힌 벨로의 신형이 오셀로를 훌쩍 뛰어넘어 마현 앞으로 날아갔다.

그런 벨로의 주위로 흡사 돌풍이 부는 것처럼 거친 바람이 휘몰아쳤다. 순수한 마나에 의한 상황이었다.

조소를 머금고 있던 마현의 표정이 어느새 싸늘하게 바뀌어 있었다. 오셀로를 바라보는 벨로의 눈빛을 읽은 탓이다.

"여흥은 끝이다!"

마현의 몸에서 무섭게 폭사된 마기가 순식간에 주변을 장악했다.

"큭!"

공명하던 마나가 동결되자 벨로는 적지 않은 충격을 받은 듯 신음을 토해냈다.

"대기가 힘을 가지니 모든 것을 짓밟는다, 헤비 그래피티(Heavy gravity)!"

쿵!

주위의 마나를 순식간에 장악한 마현의 마기는 감당할 수 없는 중력이 되어 허공에 떠 있는 벨로를 가차 없이 아래로 짓눌렀다.

그 중력을 이기지 못하고 벨로는 빠르게 바닥으로 내동댕이쳐졌다.

"크허억!"

그 충격에 몸을 부르르 떠는 벨로의 입에서 한 사발의 피가 토해졌다.

"윈드 커터, 리터레이트!"

마현의 주위에서 마나가 허공의 공기를 모아 날카로운 검날로 만들었다.

쑤아아악!

그렇게 만들어진 네 개의 바람의 검날은 벨로의 양팔과 양다리를 가차 없이 잘라버렸다.

서걱!

팔과 다리가 절단된 벨로는 고통을 이기지 못하고 한 차례 몸을 바르르 떨더니 고통에 찬 신음을 토해냈다.

그런 벨로의 몸 위로 검은 그림자가 뚝 떨어졌다.

―크하아아!

바로 오셀로였다.

오셀로는 벨로를 내려다보며 적의에 찬 홍소를 터뜨렸다.

"오, 오셀로야……."

벨로는 오셀로를 향해 반 이상 잘린 오른팔을 힘겹게 들어 올렸다. 마치 그의 뺨을 어루만지려는 듯한 모습이었다.

그러거나 말거나 오셀로의 눈동자에는 적의에 찬 살기, 그 이상도 그 이하의 감정도 보이지 않았다. 그런 오셀로의 양손에서 다시금 붉은 기운을 토해내는 불덩이가 만들어졌다.

화르르륵!

피부를 태워버릴 것 같은 뜨거운 열기에 벨로의 머리카락이 조금씩 그을렸다.

"카, 카칸! 네놈은……, 끄으으! 죽어서도 저주를 퍼부을 것이……."

콰과광!

원독에 찬 마지막 유언을 끝맺기도 전에 벨로의 머리는 불덩이에 휩싸여 활활 타올랐다. 그는 비명조차 내지르지 못한 채 절명했다.

 꼼지락거리던 마지막 몸부림을 끝으로 벨로의 신형이 물먹은 솜처럼 바닥에 축 쳐졌을 때였다.

 쐐애애액!

 날카로운 한 줄기 바람이 오셀로의 목을 스쳤다.

 툭!

 그리고 약간의 시간 차이를 두고 오셀로의 머리가 벨로의 배 위로 툭 떨어졌다가 바닥을 뒹굴었다.

 털썩, 우당탕탕탕!

 곧이어 그 주위를 에워싸고 있던 다크메이지들이 끈 떨어진 꼭두각시들처럼 바닥으로 툭툭 쓰러졌고, 그 후 어떤 움직임도 보이지 않았다.

 벨로가 죽고, 그의 대제자 오셀로가 죽었다. 그리고 마기가 끊어지며 다른 마법사들도 비로소 영원한 죽음의 안식에 들어갔다.

 속 시원한 복수.

 하지만 마현의 입술은 뒤틀어져 있었다.

 "젠장!"

 더러운 오물을 뒤집어쓴 것처럼 기분이 나빴다.

 원인은 오셀로를 향해 한없는 자애를 보여준 벨로의 모습

때문이리라.

*　　*　　*

태양, 스피네타 마탑 3층.

3층은 하나의 공간으로 마치 광장처럼 보일 정도로 상당한 규모의 대전이었다.

그 대전 중앙에 족히 백여 명은 될 법한 마법사들이 모여 있었다. 그중 절반가량은 바닥에 무릎을 꿇고 있었고, 나머지 절반은 그런 그들을 단단히 에워싸고 있었다.

그때 3층 대전의 문이 열리며 이베른이 굳은 표정으로 안으로 들어왔다. 그가 대전 중앙으로 걸음을 내딛자 바닥에 무릎을 꿇고 있는 마법사들을 에워싼 태양 마탑의 마법사들이 물러나며 길을 터주었다.

"어, 어찌 이럴 수 있단 말입니까?"

이베른이 모습을 드러내자 환갑이 지났을 법한 노년의 마법사가 검게 그을린 수염을 부들부들 떨며 소리쳤다.

"본 마탑의 마탑주는 어디 계시오?"

다른 장년의 마법사도 분노한 목소리로 물었다.

"당장 마탑주께서 돌아오시면 이 상황을 지켜보지만은 않을 것입니다!"

구석에 웅크리고 있던 또 다른 장년의 마법사가 몸을 일으키며 격분에 찬 일갈을 내질렀다.

"카네티 부탑주."

이베른은 잔잔하면서도 서글픈 목소리로 처음 소리를 지른 노년의 마법사, 바다, 샤메일 마탑의 부탑주인 카네티의 이름을 불렀다.

"몬텔레 부탑주, 그리고 카뮈 부탑주."

이어 대지, 듀락의 부탑주와 조화, 스플린의 부탑주를 차례로 불렀다.

털썩.

이베른이 갑자기 그 셋을 향해 무릎을 꿇었다.

"이렇게밖에 일을 처리하지 못해 내 너무 미안하네. 정말로 미안하이."

이마가 바닥에 닿을 정도로 상체를 깊게 숙인 이베른의 얼굴에서 굵은 눈물이 뚝뚝 떨어졌다.

"……!"

"……!"

예상치 못한 이베른의 행동에 세 부탑주는 당황한 눈빛을 띠었다.

"하, 하지만……."

그중 가장 젊어 나름 패기가 살아 있는 조화, 스플린 마탑의 부탑주인 카뮈가 반기 어린 목소리를 내뱉으려 했다.

"카뮈 부탑주. 먼저 내 말을 들어주지 않겠나? 모든 걸 듣고도 내가 용서가 되지 않는다면 그때 내 목을 쳐도 원망하지 않겠네. 진심일세."

카뮈는 의혹이 가득 찬 눈을 한껏 부릅떴다. 자신을 빤히 쳐다보는 이베른의 눈동자는 붉게 충혈되어 있었고, 눈물이 한 가득 맺혀 있었다.

"……크, 크흐음!"

어느새 카뮈도 더 이상은 문제를 거론할 수 없는 분위기가 되어버렸다.

"카뮈 부탑주."

"마, 말씀하…… 하시지요."

"먼저 비보를 전해 미안하네. 지금쯤 벨로 마탑주, 그 친구…… 그 친구는 명을 달리했을 것일……, 큭!"

이베른은 말을 끝맺지 못하고 입술을 깨물어 터져 나오려는 울음을 어렵게 참는 모습이었다.

"뭐, 뭐라고요? 마, 마탑주께서……."

"함정일세. 함정에 빠졌어."

결국 이베른은 고개를 아래로 힘없이 떨어뜨렸다.

"카칸, 마신을 섬기는 그 흑마법사의 사악한 함정에 빠졌네, 벨로 마탑주가……."

너무 놀란 나머지 카뮈는 입을 벌렸지만 그 어떤 말도 내뱉지 못하고 그저 눈만 끔뻑거릴 뿐이었다.

"그 사실을 알았을 때에는 이미 늦어버렸네. 미안하네, 정말로 미안하이."

 이베른은 마치 큰 죄라도 지은 것처럼 카뮈를 향해 고개를 깊게 숙였다. 카뮈는 너무나도 큰 충격에 빠져 엉덩이에서 철퍽 소리가 날 만큼 힘없이 바닥에 주저앉아 버렸다. 그리고는 멍하니 천장을 올려다보았다.

 이베른은 고개를 돌려 카네티 부탑주와 몬텔레 부탑주를 쳐다보았다.

 "그 비통한 소식을 셰이머스와 카밀로와 함께 들었네. 20년 전에 죽은 줄 알았던 마신의 추종자가 살아 있을 줄은 우리도 몰랐었어. 그 간악한 자가 마신의 힘을 이용해 설마 다시 살아났을 줄은……."

 절절하기 이를 데 없는 이베른의 목소리에 대전에 있는 마법사들은 모두 무엇에 홀린 듯 빠져들었다.

 "그래도 주신의 은총과 부신 아레스의 가호가 있어서……. 그분들의 살핌에 이 세상을 지옥에 빠트릴 마신의 추종자, 카칸이 8서클이라는 것을 알게 되었네."

 "헉!"

 "8, 8서클?"

 참담함이 담긴 경악성이 대전 곳곳에서 터져 나왔다.

 "우리는 다시 나락으로 떨어지는 듯한 느낌이었지. 하지만 이 모든 것이 아레스가 주신 시련이 아니겠는가? 우리 셋은 아레스가 주신 시련이기에 극복할 수 있다고 여겼지. 아레스의 영광을 위해……."

"극복할 수 있는 방법을 찾으셨습니까?"

누군가의 재촉이었다.

"있었네. 방법이……."

이베른은 입술을 부들부들 떨며 힘겹게 대답했다.

"그 방법이 무엇입니까?"

또 다른 재촉이 터져 나왔다.

이베른은 그런 마법사들의 다급한 재촉에도 불구하고 눈을 감고 입을 굳게 닫았다. 그의 감긴 눈꺼풀 사이로 눈물이 하염없이 흘러내렸다.

"각자의 종신에서 떠나 아레스의 품으로 모이는 것."

"……?"

좀처럼 이해할 수 없는 말이었다.

이베른은 곧이어 그 말을 풀이했다.

"하여 평생을 동고동락해 온 친우들이 나에게……, 이 못난 나에게…… 마나를 주고…… 아레스의 품으로 갔다네."

이베른은 부탑주들을 향해 바닥에 머리를 찧었다.

"끄으으."

그런 이베른의 몸은 가늘게 떨렸고, 입에서는 서러움 가득한 울음이 끊어질 듯, 끊어질 듯 미약하게 흘러나왔다.

"그, 그 말씀은……."

간단하지만 너무나도 명료한 설명이 아닌가.

그렇지만 쉽사리 받아들일 수 없는 일이었기에 대전 안은 침묵이 흐를 수밖에 없었다.

"평생을 함께한 친우들이 이 못난 몸에게 준 죄, 살아 있는 동안 평생 갚아 나가겠네. 하지만……."

이베른이 천천히 몸을 일으켰다.

"이 땅에서 마신과 마신의 종자들을 모두 지우고 난 후 스스로 죄를 갚을 것일세. 그러니 모여 주시게, 나를 중심으로. 마신과 그 종자들을 추종하는 이들이 감히 찬란한 아레스의 땅을 넘볼 수 없는 힘을 가질 수 있도록."

이베른의 목소리는 서서히 커져갔다.

그리고 그 정점에 도달했다.

"마탑은 이 순간부터 하나다. 이 땅에 아레스의 찬란한 빛이 넘쳐 흐르는 그때까지!"

화르르륵— 쏴아아아— 쿠그그그극!

이베른의 몸 주위로 화마와 거센 물줄기, 그리고 흙벽이 솟아났다.

"영면에 드신 셰이머스 마탑주님의 뜻을 이어받아, 이 땅에서 마신과 그 추종자들을 몰아내자!"

카네티 부탑주가 자리에서 일어나 격앙된 목소리를 지르며 한 팔을 번쩍 들어올렸다.

"몰아내자! 몰아내자!"

카네티 부탑주의 선동에 바다, 샤메일 마탑의 제자들이 일제히 자리에서 일어나 울부짖었다.

"아레스의 빛이 영원하길!"

그러자 이번에는 몬텔레 부탑주가 격정적으로 소리쳤다.

"아레스의 품으로 돌아간 벨로 마탑주의 염원을 담아!"

이에 뒤지지 않겠다는 듯 카뮈 부탑주가 소리를 질렀다.

"와아아아!"

"통합 마탑, 만세, 만세!"

"이베른 만세, 만세!"

환호가 대전을 휩쓸었다.

그 환호를 들으며 이베른의 슬프면서도 굳건한 표정이 살짝 변했다. 그의 입술 끝이 살짝 말려 올라간 것이다. 하지만 순식간에 사라졌기에 대전의 마법사들은 아무도 그 웃음을 눈치채지 못했다.

* * *

"후우—, 피곤하군."

이베른은 눈가에 맺힌 눈물을 손가락으로 찍어내며 피곤한 듯 한숨을 내쉬었다. 그가 소파로 다가가 몸을 파묻자 그를 따라 몇몇의 마법사들이 그의 집무실로 들어왔다.

바로 그의 대제자 사크스와 부탑주 마이런, 그리고 세 마탑의 부탑주들인 카네터, 몬텔레, 카뮈였다.

"약속은 꼭 지켜주실 거라 믿겠습니다."

카네티였다.

조금 전 격분에 찬 모습은 온데간데없었다.

그는 차분하면서도 지독하게 냉철한 눈빛으로 이베른을 쳐다보고 있었다.

이베른은 시선을 돌려 그 뒤에 나란히 서 있는 몬텔로와 카뮈를 쳐다보았다.

몰골이 말이 아니었다.

몸 곳곳에 상처투성이였고, 안색들은 창백했다.

어쩌면 굴욕적인 항복이었다. 물론 그 와중에도 자신들에게 내려진 황금 동아줄을 놓치지 않고 움켜잡기는 했지만. 그렇기에 이베른이 수족으로 삼은 것이다.

"당연히 지킨다. 나 역시 그대들이 없으면 곤란하니까."

"약속만 지켜주신다면야 기꺼이 이베른 마탑주님의 손발이 되어드리겠습니다."

카네티가 얇은 입술을 일그러트리며 미소를 지었다.

"생각 같아서는 며칠 몸조리할 시간을 주고 싶지만 상황이 여의치 않아."

"괜찮습니다. 마탑주님."

카네티가 몬텔레와 카뮈를 대신해 허리를 숙였다.

"당분간 혼선을 막기 위해 체계는 지금처럼 유지한다. 다만 마탑의 이름으로 통일하고, 기존 마탑은 탑으로 격하한다."

어차피 그 정도는 예상한 바였기에 모두들 수긍하는 바였다.

"통합된 마탑이 가장 먼저 할 일은……."

이베른은 말끝을 살짝 흐리며 마이런을 포함한 네 명의 부탑주, 아니 이제 마탑의 이름 아래 각 탑을 책임지는 탑주들의 얼굴을 천천히 훑었다.

마이런은 순간 눈가를 살짝 찌푸렸고, 나머지 세 탑주는 눈을 반짝 빛냈다.

이베른의 시선.

그것은 단순한 시선이 아니었다.

무한경쟁의 시작을 알리는 눈빛이다.

물론 이베른의 대제자 사크스가 있어 영원히 일인자 자리에는 올라갈 수는 없다. 하지만 세상에는 왕만이 권력을 모두 독점하는 것은 아니다. 왕 아래 실질적인 제후이자 지배자인 공작도 있다.

하나가 된 마탑.

그건 곧 새로운 제국의 탄생을 의미한다.

새로운 제국의 이인자 자리.

탑주들의 눈빛이 서로 오갔다.

전처럼 의견을 주고받는 시선이 아니다. 서로를 견제하는 눈빛이다.

"마탑에서 가장 먼저 할 일은 마탑에 반하는 그 모든 것을 이 땅에서 지우는 일이다."

"흑검탑……."

누군가의 입에서 케이슨 용병기사단과 흑풍대가 주축이 되어 만들어진 검탑의 이름이 흘러나왔다.

"또 하나, 정체를 알 수 없는 이들이 있다."

흑사신이다.

특별한 반응은 없었지만 세 탑주의 눈빛을 보건데 그들도 대략적인 상황을 어느 정도는 알고 있는 모양이었다. 그도 그럴 수밖에 없는 것이, 흑사신으로 인해 반파된 마탑 내의 상황을 보았기 때문이다.

또한 그의 뺨에 새겨져 있는 선명한 상처까지.

"자세한 상황은 마이런 탑주가 설명해주도록."

이베른의 입에서는 역시 끝까지 힘을 합쳐 일을 해결하라는 명은 없었다.

"그리고 사크스. 너는 최대한 빨리 마탑을 복구하도록 하라."

"알겠습니다, 스승님."

드르륵.

이베른은 자리에서 천천히 일어났다.

"일주일 후, 마탑이 통합됐음을 세상에 선포할 것이다. 그때까지 성과를 보이도록."

그 말에 마이런을 비롯한 네 탑주의 눈빛이 변했다.

제2장
늑대왕 용병대의 위기

늑대왕 용병대의 위기

빌더 시 남쪽.

시내 외곽에 위치한 자그만 정원을 가진 3층 저택.

흑풍대와 케이슨 용병기사단이 임시로 흑검탑 본부로 사용하고 있었다.

"흑풍대주는 어디 계시오?"

케이슨이 다급히 왕귀진을 찾았다.

"늑대왕 용병대와 병합하는 일을 추진하기 위해 아그논 부대장을 만나러 갔습니다만……. 무슨 일로 대주님을 찾으시는지……."

케이슨은 철용의 말을 들으며 주위를 살폈다.

그러고 보니 흑풍대가 사용하는 3층에 인기척이 느껴지지 않은 것 같았다.

"다른 대원들도 모두 다른 용병대의 부대장들을 만나러 갔습니다."

철용의 설명을 들은 케이슨은 잠시 고민에 빠진 모습이었다.

"무슨 일이라도 벌어진 게요?"

"알랜이 다녀갔소."

케이슨은 자신이 왕귀진을 찾은 이유를 이야기했다.

어차피 철용을 통해 전달해도 무방하다 여긴 탓이다.

"흠……."

흑풍대와 케이슨 용병기사단이 흑검탑의 이름으로 반마탑을 선포한 게 불과 삼 일 전이다. 당연히 현재 흑검탑의 눈과 귀가 되어주는 알랜의 소식에 민감할 수밖에 없었다.

"어제부로 태양의 마탑을 중심으로, 아니 이베른의 주도로 마탑이 통합되었다고 하오."

"빠르군……."

생각지도 못한 발 빠른 움직임이었다.

철용의 미간에 굵은 주름이 잡혔다.

"과연 마탑주들의 수장이라 이건가?"

하긴, 마탑주의 수장이라면 중원으로 치자면 구대문파의 수장격인 소림사의 방장과 비견되는 자리일 것이다.

"너무 상대를 얕봤어."

철용은 조용히 자신을 질책했다.

"일이 어려워지겠군요."

"그럴 것 같소. 하지만 그보다 더 안 좋은 소식이 있소."

케이슨의 낯은 몹시 굳어져 있었다.

"통합 마탑의 움직임이 심상치 않다 하오."

"심상치 않다?"

"알랜 부장의 말에 의하면 마탑이 내부적 불안과 흔들리는 마탑의 지위를 다시 굳건히 세우기 위해 반마탑의 세력을 제거하려는 움직임이 군데군데 포착되고……."

그때였다.

콰과과과광!

엄청난 폭음이 터졌다.

와르르르르—

그 여파로 건물이 지진에라도 휩쓸린 듯 격렬히 몸부림쳤다.

와장창창창!

그 몸부림을 이기지 못하고 창문 몇 장이 요란한 소리를 내며 깨졌다. 산산이 조각난 유리창 너머로 화염이 치솟아 오르는 장면이 목격되었다.

"버, 벌써? 어떻게?"

케이슨은 당황한 얼굴로 망연히 중얼거렸다.

"아무래도 알랜 부장의 뒤를 은밀히 뒤따른 모양이오."

철용은 차분히 상황을 파악하며 거리낌 없이 롱소드를 뽑아 들었다.

콰과광, 콰르르르르!

그 와중에도 대규모 살상 마법이 저택 위로 무자비하게 쏟아지고 있었다.

그나마 밀러가 공격 방어 마법진을 세워놓았기에 숱하게 쏟아지는 공격 마법에 저택이 힘겹게 버티고 있었던 것이다. 하지만 그것만으로 대규모 공격 마법을 막을 수 있는 것도 한계가 있는 법.

"하필 이때!"

철용은 입술을 깨물었다.

흑풍대 전원이라면 어떻게든 이 상황을 돌파하겠지만 현재 흑검탑 본부로 사용하고 있는 저택에는 철용 말고 흑풍대는 한 명도 없었다.

케이슨 용병기사단의 무력이 하르센 대륙에서는 상당한 수준이라고 해도 무자비한 이 대규모 공격 마법을 뚫고 마법사들을 상대할 수 있는 실력은 아니었다.

죽음을 각오하고 뛰어든다면 못할 일도 아니지만 그렇다면 필시 사상자가 생길 것이 분명했다.

이제 시작하는 흑검탑의 입장에서는 아니 될 말이다.

콰당.

"케이슨 대장!"

문이 거칠게 열리며 아이작이 들어왔다.

"이곳을 버려야겠소."

지금의 급박한 상황을 알고 있었기에 케이슨도 아이작의 말에 동의했다.

"이놈들! 여기가 어디라고 겁도 없이 쳐들어왔구나!"

그들이 저택에서 몸을 피신하려는 그때, 밖에서 대기를 쩌렁쩌렁 울리는 밀러의 고함 소리가 터져 나왔다.

"이런!"

케이슨의 얼굴이 구겨졌다.

'광란의 신, 블로흐!'

밀러가 받아들인 어둠의 신이다.

"안 되겠소. 밀러 님은 내가 호위하리다. 케이슨 단장은 단원들을 수습해 이곳을 빠져나가시오. 다음 접선 장소는…… 바람 식당이오."

철용의 말에 케이슨은 아이작과 눈을 마주친 다음 고개를 끄덕였다.

"그리하리다."

"내가 밀러 님과 더불어 남들의 이목을 끌겠소. 그사이 빠져나가시오."

철용은 말을 끝냄과 동시에 유리창이 깨져 창틀만 남은 창문을 향해 몸을 날렸다.

대낮임에도 불구하고 정원은 석양이 물드는 저녁 초입처럼 어두컴컴했다. 고개를 들어 하늘을 올려다보니 묵빛을 띤 투명한 막이 저택 위에 덮여 있었다.

 그리고 그 중심에서 엄청난 마력이 느껴졌다.

 고개를 들어 방어 마법진 중심을 보니 밀러가 마력을 폭출시키면서 마법진을 지탱하고 있었다.

 콰광!

 마법진 위로 공격 마법이 떨어질 때마다 흡사 실드처럼 보이는 방어진이 출렁거렸다.

 찌지지직— 콰과과광!

 결국 대규모 공격 마법을 이기지 못한 방어 마법진 일부가 찢어지며 고서클의 공격 마법 하나가 정원으로 떨어졌다.

 "헛!"

 철용은 재빨리 허공으로 몸을 날렸다.

 쫘자자자자작!

 붉다 못해 오히려 검게 보이는 적색 마나가 정원에 떨어지자 화기가 순식간에 사방으로 퍼졌다. 열기를 이기지 못한 풀과 나무들은 금세 누렇게 말라갔고, 그 뒤를 이글거리는 화마가 집어삼켰다.

 사방으로 뻗어나가던 화마는 정원을 다 잡아먹은 것도 모자라 이제는 저택 벽까지 집어삼키고 있었다.

 그것이 단순한 불이 아님을 철용은 알았다. 그렇기에 발등을 밟으며 재차 허공으로 몸을 날렸고 힘겹게 지붕 끄트머리를 손으로 잡을 수 있었다. 철용은 한 번 숨을 고른 후 다시 잽싸게 지붕으로 올라섰다.

"밀러 님."

"키키키키키!"

밀러는 광기 어린 웃음을 터트리고 있었지만 그의 입가에는 피가 흘러내리고 있었다.

"오호라, 왔구나! 키키키키키키!"

밀러가 한 곳을 쳐다보며 눈빛을 희번덕거렸다.

"잘 보거라, 내 잡놈들을 어떻게 때려잡는지. 키하아아아!"

밀러의 눈동자에서는 짙은 마기가 넘실거렸다.

철용은 밀러의 시선이 향한 곳으로 고개를 돌렸다. 그곳에는 허공에 오연하게 떠 팔짱을 끼고 아래를 내려다보고 있는 장년의 마법사가 있었다.

바로 태양의 탑주, 마이런이었다.

"흑검탑에 흑마법사가 있었구나!"

마이런은 팔짱을 풀며 낭랑하게 일갈을 터트리며 붉은 마나를 몸 주위에 일으켰다.

"쥐새끼들이나 주르르 데리고 다니는 주제에 뭐라고 씨부리는 것이냐? 키키키키키!"

"뭐, 뭐라?"

밀러의 이죽거림에 마이런은 발끈하며 노기를 드러냈다.

늑대왕 용병대의 위기 47

"네놈을 죽여 이 땅에……."

그때 은밀하고도 신속하게 저택을 빠져나가는 기운이 느껴졌다. 케이슨 용병기사단이었다.

"말만 많은 쥐새끼 같은 놈! 키히히히히!"

그 기운을 밀러 역시 느낀 것인지 저택을 보호하던 방어마법진의 마나를 거두는 것과 동시에 마이런을 향해 공격 마법을 퍼부었다.

"지랄 맞은 물 풍선 맛이나 봐라, 이 쥐새끼야! 키히히히히! 매드니스 아쿠아 밤(Madness aqua bomb)!"

푸쉭— 푸쉬쉬쉿!

강력한 마력과는 달리 밀러의 손에서 날아간 거무죽죽한 물 덩이는 마치 바람 빠져 이리저리 바람에 휩쓸려 힘없이 날아가는 풍선처럼 마이런을 향해 날아갔다.

"흥! 고작 이런 것으로……, 파이어 커터!"

불로 만들어진 칼날은 너무나도 쉽게 밀러가 날린 거무죽죽한 물 덩이를 반으로 갈라버렸다.

하지만 반으로 갈라진 거무죽죽한 물 덩이는 마치 자가 분식하는 생물처럼 순식간에 덩치를 키우더니 다시 마이런을 향해 날아갔다.

"사악한 흑마법이로구나!"

마이런은 다시금 불로 만들어진 칼날을 연거푸 날렸다.

치직 치지직!

순식간에 거무죽죽한 물 덩이는 십여 개로 조각났다.

그것들은 이번에도 역시 순식간에 몸집을 키우더니 마치 밀러가 애초에 십여 개의 거무죽죽한 물 덩이를 날린 것처럼 마이런을 압박해 들어갔다.

"요망하다! 요망해!"

마이런은 눈살을 찌푸리며 양팔을 크게 휘둘렀다.

화르르륵!

그의 손에서 뿜어져나간 것은 하나의 그물이었다. 그 그물은 순수한 불로 만들어진 것이었다.

어부가 그물을 투망해 물고기를 잡듯 마이런의 손에서 뻗어나간 불로 이루어진 그물은 십여 개의 거무죽죽한 물 덩이를 완벽하게 옭아맸다.

치지지직— 퍼벙! 퍼버버벙!

그물 안에 갇힌 거무죽죽한 물 덩이는 그 힘을 이기지 못하고 폭발하며 소멸했다.

"키키키키!"

그 광경을 보며 밀러는 숨죽여 웃음을 토하더니 다시 중얼거리며 마법을 시전했다.

"미쳐라, 미쳐라, 미쳐야 죽는다, 키히히히! 매드니스 포이즌 워터(Madness poison water)!"

분명 다른 마법이다.

그런데…….

푸쉬쉬쉿 푸쉭!

거무죽죽한 물 덩이가 다시금 마이런을 향해 날아갔다.

"흥! 어리석은 놈!"

마이런은 가소로운 표정과 함께 실소를 머금으며 불로 만들어진 그물을 펼쳐 거무죽죽한 물 덩이를 다시 옭아맸다.

치지지지직!

불로 만들어진 그물 안에서 이리저리 날뛰던 거무죽죽한 물 덩이는 결국 열기와 불을 이기지 못하고 검은 수증기가 되어 공기 속으로 젖어들었다.

그리고 그 검은 수증기는 바람에 휩쓸려 사방으로 흩어졌다.

"이제 목을 내놓아라, 마신의 추종자여!"

마이런이 회심의 미소를 지으며 마나를 폭출시키자마자 뒤에서 비명이 터져 나왔다.

"크헉! 도, 독이…… 다!"

"컥, 컥!"

주위에 있던 제자 둘이 우연찮게 바람에 휩쓸린 검은 수증기를 마시자 그들의 얼굴빛이 한순간 검게 물들었다. 그런 그들의 코와 귀로 검은 핏물이 주르르 흘러내렸다.

그 순간을 밀러는 놓치지 않았다.

"크레이지 윈드(Crazy wind)!"

단순하다면 단순한 저서클 바람 마법이었다.

하지만 이 순간 그 마법보다 적절하고 무서운 마법은 없을 것이다. 말 그대로 미친 바람, 그 바람은 방향을 정하지 않고 독기운을 사방으로 흩날려 버렸다.

"크악!"

"크으으으!"

독 기운이 강하지 않기에 누구 하나 죽는 이는 없었지만 적의 마법 공격을 무력화시키기에는 조금도 부족하지 않은 마법 조합이었다.

"이! 이!"

마이런은 당황한 나머지 얼굴이 붉어졌다.

"갈기갈기 찢어버리겠다!"

마이런이 살심을 여지없이 드러냈을 때였다.

후아아아앙!

그때 마이런이 서 있는 방향이 아닌 다른 방향에서 짙은 청록색의 마나가 밀러를 향해 날아들었다.

"헛!"

철용은 헛바람을 들이마시더니 밀러의 허리를 감싸 안으며 허공으로 몸을 날렸다.

청록빛 파란 마나가 밀러와 철용이 서 있던 장소로 빠르게 떨어져 내렸다.

생각했던 폭발은 없었지만 푸른 마나는 마치 그 장소를 잠식하듯 스며들었다.

쫘작 쫘자자자작!

그곳을 중심으로 얼음 꽃이 피듯 지붕은 삽시간에 하얗게 얼어붙었다.

그 광경에 당황한 이는 철용도 밀러도 아니었다.

누구보다 격노한 이는 다른 누구도 아닌 마이런, 바로 그였다.

"카네티!"

마이런은 맞은편에 모습을 드러낸 바다, 샤메일의 새로운 탑주 카네티의 이름을 분노를 담아 외쳤다.

바다, 샤메일 탑의 제자들과 모습을 드러낸 카네티는 그런 마이런의 고함을 한 귀로 흘리며 낭랑하게 소리쳤다.

"사악한 악의 무리다! 모두 죽여라!"

"와아아아!"

이어 바다, 샤메일 탑의 제자들이 함성을 내지르며 장대한 푸른 마나를 내품었다.

당연히 카네티를 바라보는 마이런의 시선은 싸늘하기 그지없었다. 하지만 카네티는 그런 마이런의 시선을 못 본 척 흘리며 마나를 일으켰다.

"거대한 해일 앞을 가로막을 것이 그 무엇이 있을까, 타이들 웨이브(Tidal wave)!"

쏴아아아아!

카네티 앞에서 일어난 푸른 마나는 거대한 물이 되었고, 그물은 모든 것을 집어삼키는 해일이 되어 저택을 뒤덮었다.

"이, 이런!"

어렵사리 밀러를 품에 끼고 다시 지붕에 안착한 철용은 서둘러 롱소드를 휘둘러 검막을 펼치며 지붕 아래로 뛰어내렸다.

쿵!

비록 불길이 꺼졌다고는 하지만 신발 밑창이 녹을 정도로 정원 바닥은 여전히 뜨거웠다.

그나마 지붕에서 쏟아진 물이 바닥을 흥건히 적신 이후라 큰 낭패로 이어지지는 않았다.

"놔라, 이놈아! 키키키키! 저놈들의 육신을 썰어······."

이제는 몸을 숨기고 이 자리를 벗어나야 할 때다.

"죄송합니다."

퍽!

철용은 품에서 발악하는 밀러의 뒷목을 수도로 강하게 내려쳐 기절시켰다.

푸쉬시시식―

땅에 남은 열기와 저택 지붕 위에서 쏟아지는 물줄기가 만나 주변은 금세 짙은 안개가 낀 것처럼 수증기로 가득 찼다.

철용은 서둘러 기척을 숨기며 사각으로 숨어들었다.

"카네티, 이게 뭐하는 짓이오?"

마이런은 누르락붉으락한 얼굴로 다시 한 번 분노한 목소리로 항의했다.

하지만 카네티는 그런 고함에도 아랑곳하지 않고 데리고 온 바다, 샤메일 제자들을 더욱 다그쳤다.

"도망가지 못하게 단단히 에워싸라!"

"탑주님의 명이다. 놈들이 빠져나가지 못하게 빈틈없이 저택을 포위하라!"

"명!"

"명!"

바다, 샤메일 탑의 마법사들은 일사분란하게 흩어져 저택을 에워쌌다.

그 광경에 마이런의 눈썹 한 끝이 파르르 떨렸다.

"플레임 샷(Flame shot)!"

결국 참지 못한 마이런은 카네티를 향해 분노를 터뜨렸다. 결코 무시할 수 없는 화염계 마법이 시전되었다.

쿠오오오오!

이글거리는 화염이 공기를 활활 불태우며 카네티를 향해 무섭게 날아갔다.

"이게 무슨 짓인가?"

카네티는 허공에서 블링크를 이용해 간격을 벌리며 서둘러 실드를 쳤다.

콰과과광!

카네티가 서 있던 허공에서 불길이 치솟아 올랐다.

파방— 치치치직!

하지만 그것도 잠시, 불길은 금세 사라지며 자욱한 수증기가 하늘로 피어올랐다.

"마이런 탑주. 지금 이 일은 용납하지 않겠소!"

"뭐, 뭣이라?"

적반하장도 유분수가 있지, 먼저 일을 훼방 놓은 게 누군데 지금 그런 소리를 한단 말인가. 마이런의 뺨은 분노를 이기지 못하고 씰룩거렸다.

"지금 공을 가로채려고 한 것이 누군데!"

"공? 하하하하."

마이런의 항의에 카네티는 어이없다는 듯 한바탕 웃음을 터트렸다.

"다 죽어가는 것을 구해준 이가 누군데!"

카네티는 입술 끝을 말아 올렸다.

"그리고 적을 바로 눈앞에 두고 지금 내 공, 네 공 가르자는 것이오?"

카네티는 교묘히 자신의 행동을 포장했다.

"내 그렇게까지는 안 봤는데, 도저히 말로는 상종할 위인이 아니구나!"

마이런은 더 이상 살기를 감추지 않았다.

자신을 향해 노골적으로 쏟아지는 살기에 카네티의 안색도 굳어졌다.

"이 기회에 매운 맛을 보여주겠다!"

마이런의 주위로 뜨거운 열기를 담은 붉은 마나가 뿜어져 나왔다.

"정녕 이리 나온다면 나도 참을 수 없다!"

카네티도 차가운 눈빛을 하고 얼음장 같은 푸른 마나를 폭사시켰다.

파지지직!

둘의 마나가 허공에서 맞부딪히자 마른하늘에 벼락이 치듯 번개가 작렬했다.

그 충동의 여파는 주위로 퍼져나갔다.

"큭!"

근처에 있던 양 탑의 제자들은 마나의 뒤틀림과 폭주를 감당하지 못하고 뒤로 서둘러 물러날 수밖에 없었다. 그로 인해 철통같은 방비선에 미세한 틈이 발생했다.

이 틈을 놓칠 철용이 아니었다.

인기척을 숨기고 있던 철용은 마치 한 줄기 빛살처럼 그 틈으로 뛰어들었다. 그리고 그곳을 어정쩡하게 방비하고 있는 양 탑의 제자 둘을 단칼에 베어버렸다.

"저, 적이…… 크아악!"

"으아악!"

두 마법사의 붉은 피가 땅에 떨어지기도 전에 철용의 신형은 방어선을 뛰어넘었다. 그리고는 단숨에 거리를 벌리며 저택 밖으로 도주해 버렸다.

두 제자의 단발마.

이어진 소란.

마이런과 카네티의 얼굴이 동시에 구겨졌다.

'아차!'

뒤늦게 둘은 자신들의 실수를 깨달았다.

하지만 철용의 신형은 이미 멀어지고 있었다.

뒤쫓을 수 없다는 사실을 인지한 둘은 동시에 서로의 얼굴을 쳐다보았다. 그리고 서로를 탓하는 눈빛이 다시 한 번 맹렬하게 부딪혔다.

* * *

"흑검탑 본부라……."

"저희들도 어서 빨리……."

"아니야."

대지, 듀락의 탑주 몬텔레는 고개를 절레절레 저었다.

"하나의 먹이를 두고 여러 마리 사자가 덤벼들면 어떻게 될 거 같나?"

몬텔레는 부탑주로 임명한 자신의 충직한 제자, 티모시를 향해 물었다.

"그거야 더욱 쉽게 먹이를 잡지 않겠습니까?"

"그건 어디까지나 두 사자가 협력한다는 전제조건이 있을 때에나 가능한 것이지. 하지만 그것이 너무나도 탐스럽고 맛좋은 먹이라면? 그리고 두 사자가 절대로 협력할 수 없는 앙숙 관계라면?"

"아!"

대지, 듀락의 부탑주 티모시가 몬텔로의 그 말을 못 알아들을 리 없었다.

"거기에 끼어들어 봐야 상처만 입어. 그리고 그 아귀다툼에선 먹이를 제대로 먹지 못할 테고······."

"그렇다면 저희들은······."

"비록 맛은 조금 떨어지더라도 확실히 먹을 수 있는 먹이로 골라야지."

몬텔레는 싸늘한 웃음을 지었다.

"스승님, 찾았습니다."

몬텔레의 말이 끝나자마자 마치 약속이라도 한 것처럼 젊은 마법사가 다급히 뛰어왔다. 그는 몬텔레의 둘째 제자인 프리크였다.

"늑대왕 가이진과 그를 추종하는 용병대가 시내 한 주점에 있는 것을 발견했습니다."

"늑대왕 가이진?"

티모시의 눈빛이 번뜩였다.

동시에 몬텔레의 입가에도 흡족한 미소가 걸렸다.

"이건 맛이 떨어지는 먹이가 아니군. 대어가 걸렸어."
몬텔레는 고개를 돌려 티모시를 쳐다보았다.
"하지만 장소가……."
프리크는 망설이는 듯 말끝을 흐렸다.
그러자 티모시가 눈빛으로 사제를 다그쳤다.
"그들이 있는 장소가 용병 길드 본부에서 그다지 멀지 않은 곳입니다."
자칫 잘못해서 일이 걷잡을 수 없이 커진다면 용병 길드와 상당히 껄끄러운 마찰이 일어날 수도 있다. 아니 애꿎은 용병들이 휘말리면 용병들 전체와 척을 질 수도 있었다.
프리크의 말에 몬텔레는 잠시 눈을 감고 고민에 빠졌다. 그리고 이내 눈을 떴다.
그의 고민이 그다지 길지 않았다는 뜻이다.
"먹이가 크면 그만큼 위험도 뒤따르는 법."
"바로 준비하겠습니다."
몬텔레의 뜻을 알아차린 티모시가 허리를 깊게 숙였다.

* * *

통합 마탑에 초대받지 못하고 제외된 마탑이 있었다.
바로 대장장이, 샤토 마탑.
그리고 마탑주도 아니오 탑주도 아닌 수장 게오르게.

비록 저들의 하수인이 되어 마탑주 자리에 오를 때만 해도 세상을 다 가진 것 같았다. 하지만 그게 아니라는 것을 깨닫는 데는 그래 오랜 시간이 걸리지 않았다.

하지만 지나간 시간은 되돌리지 못하는 법.

그가 할 수 있는 일이라고는 몸을 한껏 웅크린 채 암암리 힘을 키우며 기회를 엿보는 것뿐이었다.

비록 고서클 마법사의 수는 다른 탑에 비해 적다고는 하나 대장장이의 신, 샤토의 마탑이다. 모자란 힘은 마법무구로 채울 자신이 있었다.

"어찌하실 생각이십니까?"

게오르게의 사제이자 지금은 부탑주인 케이디가 물었다.

"네 생각은 어떠냐?"

게오르게는 아래로 향했던 시선을 올려 마주앉아 있는 케이디를 쳐다보았다.

"가장 좋은 건 우리의 힘을 과시하며 동등한 조건으로 마탑에 들어가는 것 아니겠습니까?"

"그야 그렇지."

게오르게도 그것에 대해 그동안 숱하게 고민해왔다.

"하지만……. 지금의 상황에서 머리는 그리하라 하지만 내 심장은 그렇지 않아."

"휴우."

케이디는 한숨을 푹 내쉬었다.

"딱 삼 일만 더 상황을 파악해 보죠. 그 정도면 그다지 늦지는 않을 겁니다."

"삼 일이라……. 그래 그게 한계겠지?"

게오르게의 물음에 케이디는 무겁게 고개를 끄덕였다.

"모든 제자를 풀어 밖에서 일어나는 상황을 빠짐없이 주시하겠습니다. 그리고 어차피 이왕 하는 거, 정보 길드도 동원해 보겠습니다."

"미안하네."

게오르게의 말에 케이디는 쓴웃음을 지었다.

하지만 그게 다였다.

원래대로라면 그런 게오르게를 설득해 마음을 돌려야 옳겠지만 이번에는 그러지 않았다. 그의 마음 한구석에 그와 같은 생각이 웅크리고 있었기 때문인지도 모른다.

* * *

마치 허름한 창고에 엉성한 탁자와 의자를 놓은 듯한 싸구려 주점이었다. 하지만 그 크기가 상당히 넓어 족히 오십여 명의 인물들이 자리하고 있음에도 전혀 북적인다는 느낌이 들지 않을 정도였다.

그렇게 많은 인물들이 모여 있으면 시끌벅적한 소음이 있을 법도 하건만 주점 안은 조용하다 못해 적막감이 흐를 정도였다. 그리고 모든 시선이 주점 정중앙으로 향해 있었다.

이목이 모여 있는 곳에는 왕귀진과 늑대왕 용병대 부대장 아그논이 마주앉아 있었다.

잠시의 침묵 뒤 왕귀진이 입을 열었다.

"강요는 하지 않겠다."

그 말에 아그논은 오히려 입을 닫고 눈을 감았다.

고심에 빠진 모습이었다.

하지만 다시 찾아든 정적이 너무 오래 이어졌던 까닭일까.

"고민할 거 뭐 있습니까? 이 기회에 옴팡 붙어보자고요. 콧대 높은 마법사들의 코 한 번 뭉개 봅시다."

"와하하하! 그거 한 번 좋은 생각일세!"

"우리는 용병이다. 용병이 뭐야? 돈에 목숨을 건 놈들이 아닌가?"

"맞소. 아무리 늑대왕을 흠모해 자발적으로 참가했다지만 나는 먹여살려야 할 처자식이 있소."

하나둘 터져 나오던 목소리는 어느새 시장 통을 방불하게 할 정도로 왁자지껄하게 변했다.

"조용!"

급기야 귀가 먹먹할 정도로 소음이 커지자 아그논이 자리에서 일어났다.

"너무 뜻밖의 말씀인지라 당장 답을 드릴 수 없을 것 같습니다."

"이해한다."

왕귀진도 자리에서 일어났다.

"곧 자리를 마련하겠습니다."

아그논은 빠른 시일 내에 의견을 모아 답을 주기로 했다.

왕귀진은 고개를 살짝 끄덕인 후 몸을 일으켰다. 그리고 주점을 걸어 나가다가 문득 걸음을 멈췄다.

왕귀진의 무뚝뚝한 얼굴에 가벼운 변화가 일어났다.

그 표정이 서서히 변하며 어느 순간 얼굴 근육이 굳어졌다.

조금씩, 그리고 그물망처럼 촘촘히 좁혀오는 기운들. 그중 기감을 찌릿하게 찔러오는 몇몇 강대한 기운도 느껴졌다.

'마탑인가?'

아마도 맞을 것이다.

이 정도의 동원력에, 모골이 송연하게 할 정도로 압박감을 줄 수 있는 집단이 얼마나 되겠는가?

자신은 걱정이 없었다.

'하지만 문제는…….'

왕귀진은 고개를 돌려 여전히 갑론을박하며 이야기를 주고받고 있는 용병들을 쳐다보았다.

"아그논!"

왕귀진은 급히 아그논을 불렀다.

비록 자신을 따르는 늑대왕 용병대라고 해도 실질적인 수장은 아그논이었다. 그렇기에 그를 통한 지휘가 더 효율적이라

판단한 것이다.

갑자기 걸음을 멈추자 의아해하던 아그논이 왕귀진의 부름에 기다렸다는 듯이 다가왔다.

"급하다! 당장 전투태세를 갖추라!"

"……?"

"적이다!"

이유를 알 수 없지만 그는 대륙을 호령하는 십좌왕 중 수좌를 차지하고 있는 늑대왕이다. 결코 이런 일로 허언을 할 리 없다.

"덩컨! 바드!"

아그논은 늑대왕 용병대의 주축 인물이자 자신과 함께 용병대를 이끌고 있는 둘을 불렀다.

"전투 준비!"

"……?"

"부, 부대장. 전투 준비라니요?"

"늑대왕 명이시다!"

그 말만으로 충분했다. 굳이 다른 보충설명을 할 필요도 없었다.

이들은 오로지 늑대왕 왕귀진 하나만 보고 모인 용병들이다. 더 이상 무슨 말이 필요하랴. 게다가 늑대왕 용병대가 창설되고 처음 떨어진 명이니 더더욱 그렇다.

"조용! 지금 당장 출전 편제로 전투를 준비한다!"

덩치만큼 걸걸한 목소리의 바드가 우렁차게 소리쳤다.

그러자 시끌벅적하던 주점 안의 분위기가 한순간 싸늘해졌다.

"젠장!"

그때 왕귀진의 신형이 사라졌다.

그리고 그가 다시 나타난 곳은 주점 구석 벽 앞이었다.

콰과과광!

왕귀진이 벽 앞에 나타나자마자 순간 벽면이 굉음과 함께 터져 나갔다.

쐐애애액!

왕귀진은 마력을 폭출시키며 빠르게 검막을 펼쳤다.

크극 크그그극!

은은한 먹물처럼 펼쳐진 검막 위에 폭음과 함께 자욱한 돌가루로 이뤄진 먼지가 피어올랐다.

"급습이다!"

왕귀진 뒤에서 어정쩡하게 일어서던 용병들이 화들짝 놀라며 탁자를 들어 몸을 보호했고 동시에 각자의 무기들을 뽑았다.

기습 공격을 모두 막았다고 느낀 순간 왕귀진의 얼굴이 일그러지며 고개가 옆으로 돌아갔다.

콰과과과광!

다른 한쪽 벽이 터졌다.

"으아아악!"

"크아악!"

근처에 있던 용병 몇이 피를 뿌리며 쓰러졌다.

보지 않아도 즉사했을 것이다.

그 비명을 시작으로 벽면 여기저기서 폭발이 일어났다. 뿌연 먼지구름이 주점을 뒤덮었다.

"중앙으로 모여라! 어서!"

하지만 그 명도 임시방편에 불과했다.

벽이 모두 허물어지면 건물 전체가 붕괴될 게 아닌가. 이대로 있다간 제대로 싸워보지도 못하고 전멸할 게 뻔했다. 그렇다고 무작정 밖으로 뛰쳐나갈 수도 없었다.

밖은 이미 마법사들이 단단하게 포위망을 구축하고 기다리고 있을 것이다. 사자 아가리에 그대로 머리를 들이미는 꼴이니, 그야말로 진퇴양난이 아닐 수 없었다.

하지만 그렇다고 이렇게 앉아서 당할 수만은 없는 노릇.

"아그논."

"예, 대장님."

"내가 먼저 길을 뚫겠다. 지금부터 늑대왕 용병대가 우선시해야 할 것은 오로지 탈주다!"

무겁게 명령을 내린 후 왕귀진은 허물어져 밖이 훤히 보이는 구멍으로 터벅터벅 걸어 나갔다.

마법사 무리 속으로 뛰어들어 난전으로 몰고 가는 것이 더 유리하겠지만 일단은 모든 이목을 자신에게 모아 어떻게든 주점 안에 머물고 있는 늑대왕 용병대에게 도피할 시간을 벌어 줘야 한다. 그래야 그들이 조금이라도 살아날 확률이 커지기 때문이었다.

터벅 터벅 터벅!

왕귀진은 마치 동네 어귀에 마실이라도 나온 것처럼 느긋한 걸음으로 주점 앞 제법 넓은 길에 발을 내딛었다.

마차 두어 대는 나란히 달릴 수 있을 정도의 대로(大路)임에도 불구하고 빼곡하게 진을 치고 있는 마법사들로 인해 오히려 좁게 느껴질 정도였다.

왕귀진은 태연한 얼굴로 걷고 있었지만 롱소드를 쥐고 있는 손아귀에는 힘이 바짝 들어가 있었다.

하지만 최대한 느긋하게 움직였고, 그리고 오연하게 턱을 살짝 들어 주위를 살폈다. 왕귀진이 제법 강한 기운이 느껴지는 곳으로 고개를 틀었다.

그곳에는 대지, 듀락의 탑주 몬텔레와 그의 제자이자 부탑주인 티모시, 그리고 프리크가 서 있었다.

'대지, 듀락의 탑?'

그들이 입고 있는 로브에 새겨진 문양이 눈에 들어왔다.

언젠가 먼발치에서 본 적이 있는 마탑주의 얼굴은 보이지 않았다.

'부탑주?'

카밀로의 죽음과 마탑의 통합을 알지 못한 왕귀진이었기에 그 정도만 추측할 수 있었다.

 하지만 그 추측도 그냥 자연스레 떠오른 것이지 굳이 추리하고자 애쓴 건 아니었다. 중요한 건 대지, 듀락의 마탑이 자신과 늑대왕 용병대를 노렸다는 것이다.

 공격이 최선의 방어라고 했다.

 공격 중 최상의 공격은 적의 틈을 노린 선제공격이다.

 왕귀진의 왼손이 중지가 엄지 아래로 말려들어갔다. 그리고 그 두 손가락 사이로 강기로 이루어진 환이 만들어졌다.

 폭마지(暴魔指)!

 마교 교인이라면 누구나 아는 마공 계열의 지법이다. 하지만 실전에서는 거의 사용되지 않는, 한 마디로 사장된 것이나 다름없는 지공이다.

 폭마지가 마교에서 환영받지 못했던 첫 번째 이유는 극심한 마력의 소모 때문이다.

 어지간한 일류가 아니고서는 단 한 번 펼침으로 마력이 고갈될 수 있을 정도로 폭마지는 마력의 소모가 크다.

 두 번째 이유는 워낙 공격이 단순한 까닭에 마교 교인이 아니더라도 정파 쪽에도 널리 알려져 있고, 그를 대비하기 위한 파훼법도 여럿 나왔기 때문이다.

 하지만 그건 어디까지나 중원 무림의 이야기.

 이곳은 하르센 대륙이다.

비록 마력의 소모가 크겠지만 이제는 그 정도는 충분히 감당할 수 있었다. 게다가 지금은 장강처럼 도도하게 흐르는 마력이 몸속에서 꿈틀거리고 있었다.

지이잉―

미약한 마력의 울음이 토해지는 순간.

핑―!

왕귀진의 손에서 먹물 같은 강환(罡丸)이 빗살처럼 몬텔레를 향해 날아갔다.

"헙!"

몬텔레는 순간 엄습해온 위기감과 무시할 수 없는 마나를 느끼며 재빨리 몸을 틀었다. 하지만 왕귀진의 폭마지를 완전히 피하지는 못했다.

푸학!

몬텔레의 왼쪽 어깻죽지에서 붉은 핏방울이 튀었다.

"큭!"

몬텔레는 왼쪽 어깨를 잡으며 한쪽 무릎을 꿇었다.

"스, 스승님!"

곁에 있던 티모시가 놀라 주저앉는 몬텔레의 몸을 감쌌다. 이어 프리크가 그 둘을 등으로 가렸다.

"훗!"

왕귀진은 그 순간 프리크의 미간을 향해 폭마지를 펼쳤다.

핑!

가느다란 파음이 프리크의 미간을 꿰뚫었다.

붉은 핏물과 허연 뇌수가 프리크의 뒤통수에서 터졌다.

한 마디 비명도 없이 프리크의 몸은 썩은 고목나무처럼 뒤로 넘어갔다.

"마, 마법사다!"

"흑마법사다!"

폭마지를 처음 보는 탓에 대지, 듀락 탑의 마법사들은 왕귀진을 흑마법사로 오인했다.

"죽여라!"

티모시는 몬텔레의 몸을 감싸듯 부축하며 소리쳤다.

후우우우웅!

쿠오오오!

무려 백여 명에 달하는 마법사들의 마나가 왕귀진, 단 한 명에게 집중됐다.

이로써 늑대왕 용병대의 안전은 어느 정도 보장되었다.

비록 대마법사는 없다고 해도 백여 명의 마법사들이 내뿜는 마나는 숨쉬기도 벅찰 정도로 왕귀진을 압박했다.

그럼에도 불구하고 왕귀진의 입가에 진한 미소가 걸렸다.

"나오너라, 나의 전사들이여!"

왕귀진의 몸에서 일어난 마력이 다시 그의 몸으로 스며들었다. 그리고 그의 몸에 잠들어 있는 열 기의 다크나이트들을 깨웠다.

푹 푹 푹 푹 푸학!

왕귀진의 지척에서 땅거죽이 터지며 열 줄기의 검은 그림자가 허공으로 솟구쳐 올랐다. 하늘 끝까지 멈추지 않고 치솟아 오를 것만 같던 검은 그림자는 마법사들 사이사이로 빠르게 떨어졌다.

쿵!

그리고는 안광을 번쩍이며 흉소를 터트렸다.

―크하아아아!

―캬카카카카!

"히익!"

대지, 듀락 탑 소속 마법사들은 너무 놀라 헛바람을 들이마셨다.

서걱!

언제나 그랬던 것처럼 다크나이트들은 순간 만들어진 허점을 놓치지 않고 눈앞에 서 있는 적들을 빠르게 베어 넘겼다.

"으아아악!"

한순간 마법사들의 진영이 무너졌다.

지척에서 마구 날뛰는 다크나이트들의 무위에 마법사들은 제대로 손을 쓰지도 못했다. 그렇게 바닥은 마법사들의 피로 붉게 물들어갔다.

하지만 그런 무시무시한 다크나이트들에게도 치명적인 약점이 있었다.

그건 바로 빛의 힘이었다.

"정화마법을 펼쳐라. 대지의 빛을 뿌려라!"

몬텔레의 다급한 명이 떨어졌다.

몬텔레는 순간 몹시 당황하고 있었지만 그럼에도 불구하고 그의 판단은 상당히 냉철하고 시기적절했다.

후우우우웅!

그 명에 따라 마법사들은 일제히 땅으로 마나를 뿌려댔다.

그러자 메마른 흙이 황금으로 변한 것처럼 눈부신 빛을 발산했다. 그러자 다크나이트들의 마기도 흐려지고 움직임도 급속히 느려졌다.

ㅡ크, 크, 크하아!

확연히 느려진 다크나이트들의 검은 허약한 마법사들도 충분히 피할 수 있을 정도였다.

"큭!"

다크나이트들이 받은 충격은 고스란히 왕귀진의 몸으로 전해졌다.

크그극, 콰직!

그런 다크나이트 한 기의 복부를 대지의 창, 얼쓰 오브 랜스 (Earth of lance)가 땅에서 불쑥 튀어 올라와 꿰뚫었다.

대지의 창에 꽂힌 다크나이트의 몸이 바르르 떨렸다.

"커헉!"

하지만 고통에 찬 신음은 다크나이트가 아닌 왕귀진의 입에서 터져 나왔다.

 창백해진 왕귀진의 입가로 가느다란 핏물이 흘러내렸다. 그리곤 한쪽 무릎을 바닥에 찧었다.

 퍼석!

 상처를 입은 다크나이트는 블랙홀에 빠져드는 것처럼 땅 속으로 빠르게 사라졌다.

 하지만 그게 끝이 아니었다.

 몬텔레가 자신의 몸을 스스로 수습하자 지척에서 그를 보살피던 티모시가 움직인 것이다.

 티모시는 몬텔레의 대제자라 부탑주 자리에 오른 것이기도 하지만, 현재 대지, 듀락의 탑에서 몬텔레 다음으로 최고 경지에 오른 마법사이기도 했다.

 티모시는 극한의 마나를 일으켜 다크나이트들을 향해 폭사시켰다.

 "대지가 분노하나니 모든 것을 파멸하리라, 디스트럭슨 오브 얼쓰(Destruction of earth)!"

 티모시의 마나는 그의 발 지근에 뿌려졌지만 그 결과는 다크나이트들이 서 있는 발밑에서 일어났다.

 콰그그그극 콰과과곽!

 다섯 기의 다크나이트의 발아래서 수십 자루의 창이 치솟아 올랐다. 그리고 그 창들은 다크나이트들의 몸을 여지없이 꿰뚫어버렸다.

"으아아아악!"

그리고 비명이 이어졌다.

그 비명의 주인은 다름 아닌 왕귀진이었다.

그의 입가에 연이어 흥건한 핏물이 흘러내렸다.

이어 다섯 기의 다크나이트도 어둠으로 사라졌다.

단지 네크로 계열의 흑마법사라면, 단지 네크로나이트라면 다크나이트가 상처를 입었다고 해서 그 시전자까지 충격을 받는 것은 아니다.

하지만 왕귀진은 단순한 네크로나이트가 아니다.

하나의 마나를 공유한다.

그렇기에 다크나이트들과 왕귀진은 하나라고 여겨도 무방하다. 그로 인해 다크나이트는 기존 다크나이트들보다 적어도 두 배 이상 강하다.

하지만 하나이기에 다크나이트들의 충격은 고스란히 왕귀진에게 전이가 된다.

"푸학!"

한쪽 무릎을 꿇고 있던 왕귀진의 입에서 한 바가지 분량의 검은 핏물이 울컥울컥 쏟아졌다.

땅을 짚고 있는 한쪽 팔은 힘겹게 떨리고 있었다.

"대, 대장님!"

마법사들의 살기가 다시 왕귀진에 집중될 때였다. 주점 안에 있던 아그논이 몸을 날려 왕귀진 앞에 섰다.

챙!
아그논의 검이 힘차게 뽑혔다.
"쳐라!"
낭랑한 명이 하늘을 흔들었다.
"와아아아!"
"죽여라!"
그러자 주점 안에서 수십의 용병들이 기다렸다는 듯이 함성을 지르며 뛰어나왔다. 그리고는 마법사들 틈으로 뛰어들었다.
용병들의 기세는 가히 하늘을 찌르고도 남았다.
그리고 그들이 휘두르는 검에는 수비식이 없었다. 마치 목숨을 내던지고 동귀어진을 노리는 이들처럼 오로지 검 하나에 모든 힘을 쏟아 붓고 있었다.
"저희가 모시겠습니다."
왕귀진 곁에 있던 덩컨과 바드였다.
"……바, 바람…… 식당으…….."
"바람 식당?"
다행히 아는 곳이었다.
덩컨과 바드, 그리고 아그논은 눈빛을 교환한 후 동시에 고개를 끄덕였다.
"으아아악!"
"커허억!"

동시에 터져 나온 죽음의 단발마.

그 비명을 듣자 왕귀진을 등에 업은 덩컨이나, 그 옆으로 호위를 서려던 아그논과 바드의 안색이 급격히 어두워졌다.

허공에 자욱하게 뿌려지는 피는 모두 용병들의 것이었기 때문이다.

용병들은 허무하게도 마법사들에게 접근하기도 전에 죽어나가고 있었던 것이다.

"이익!"

아그논은 입술을 강하게 깨물었다.

그의 하얀 입술은 금세 피로 물들었다.

제법 많은 수가 죽을 것은 예상했다.

하지만……, 지금처럼 속절없이 죽어나가는 것을 예상한 것은 아니었다.

이대로는 전멸이다.

"어디로 도망가려는 것이냐!"

어찌할 수 없어 망설이는 그들 앞으로 몬텔레의 신형이 내려섰다.

"덩컨, 바드! 여기는 내가 막겠다!"

"아그논!"

"부대장!"

덩컨과 바드는 동시에 아그논을 불렀다.

"어서!"

"하하하하! 웃기는 종자들이로구나!"

용병들의 모습에 몬텔레는 대소를 터트렸다.

"나를 앞에 두고 도망갈 수 있을 것 같더냐?"

웃음 뒤에 흘러나온 목소리는 얼음장처럼 차갑기 그지없었다. 거기에 살기마저 더해지니 저 북쪽 아이스랜드의 거친 설풍을 맨몸으로 맞이하는 듯했다.

"샌드 프리즌(Sand prison)!"

그르르륵!

아그논, 덩컨, 바드의 주위로 흙더미가 불룩 솟아올랐다. 흙더미, 물기가 없는 모래는 옹기종기 얽혀 굵은 창살처럼 변했고, 나무의 줄기처럼 자라난 모래 창살들은 허공까지 치솟아 오르더니 그들의 머리 위로 모래 장막을 쳐버렸다.

순식간에 그들은 모래로 만들어진 간이감옥 속에 갇혀버린 것이다.

"네놈들의 목은 가장 나중에 따주마! 그러니 똑똑히 보거라. 마탑에 대항하는 존재들이 어떻게 죽어나가는지!"

그 사이에도 용병들은 마법사들의 포위망을 빠져나가지 못하고 구석에 몰린 쥐들처럼 이리 피하고 저리 피하다가 하나 둘 죽어나가고 있었다.

처참한 비명을 내지르며.

벌써 늑대왕 용병대의 대원들 중 삼분의 일에 가까운 이들이 목숨을 잃었다.

문제는 그게 끝이 아니었다.

지금도 한 명, 두 명 마법사들의 손에 죽어나간다는 것이다.

그 모습을 보고 있는 아그논의 눈에 핏발이 섰다. 금세라도 핏줄이 터져 피눈물이 나올 듯 붉었다.

아그논은 들고 있던 검을 휘둘렀다.

캉!

모래로 만들어진 창살이건만 오히려 아그논의 검날이 상할 정도로 단단하기 그지없었다. 그렇기에 충격은 고스란히 아그논의 손으로 되돌아왔고, 결국 손아귀가 찢어졌다.

캉캉캉캉— 캉!

아그논은 손이 피범벅으로 변해갔지만 멈추지 않았다.

저마다 살아온 삶은 다르지만 늑대왕 용병대란 이름 아래서 몇 년을 동고동락하며 살아온 이들이다.

늑대왕 용병대는 용병대로 불리지만 엄밀히 말해 용병대는 아니다. 늑대왕 용병대의 이름으로 이제껏 활동해온 이는 아그논 자신을 포함해 열 명 안팎에 불과했다.

그들의 대부분은 늑대왕 가이진의 무위에 반해 자발적으로 참여했던 것이다. 개중에는 다른 용병대에 가입되어 있는 이들도 있었고, 홀로 움직이는 개인 용병들도 있었다.

그렇기에 늑대왕 용병대의 이름으로 모여드는 용병들의 정확한 수는 아그논 자신도 모른다. 매번 모이는 이들의 얼굴이 조금씩 달랐기 때문이다.

어쨌거나 그들이 늑대왕 용병대라는 것에는 변함이 없다.
"으아아아!"
아그논은 발악하듯 기합성을 내지르며 검으로 모래 창살을 내리쳤다.
까깡, 후드득!
결국 창살의 견고함을 이기지 못한 검이 유리처럼 산산이 조각나 땅에 흩뿌려졌다. 그리고 그와 동시에 아그논은 탈진하여 바닥에 무릎을 꿇었다.
"쥐새끼가 발악해 봐야 쥐새끼지. 크하하하!"
"죽어도 널 잊지 않겠다!"
아그논은 원독 가득한 눈으로 몬텔레를 노려보았다.
"무섭구나. 무서워! 크하하하!"
몬텔레는 조롱 어린 몸짓으로 몸을 와르르 떨더니 득의에 찬 웃음을 터트렸다.
"본좌가 더 무섭게 해줄까?"

제3장
흑사신의 위용

흑사신의 위용

 그때 낯선 목소리가 몬텔레의 간담을 서늘하게 했다.
 그 어떤 기척도 느끼지 못한 상태였기에 몬텔레의 얼굴은 급속히 굳어졌다.
 쿵 쿵 쿵 쿵!
 몬텔레가 당황하여 머뭇거리고 있을 때, 탈진해 쓰러진 아그논과 그 앞을 가로막은 창살 사이로 검은 그림자 넷이 허공에서 뚝 떨어졌다.
 삼십 대 중반으로 보이는 사내가 고개를 돌려 창살 너머로 축 늘어진 왕귀진을 업고 있는 덩컨을 쳐다보았다.
 "아이야. 네가 업고 있는 놈이 거……, 그래 가이진. 그놈

맞느냐?"

나이에 맞지 않는 하대였다.

"그, 그렇습니다."

그럼에도 불구하고 덩컨은 처음부터 그래왔던 것처럼, 응당 그래야 하는 것처럼 순순히 대답했다.

"그럼 네가 늑대왕 용병대 부대장이고?"

"……그렇습니다."

탈진한 아그논 역시 육중은 위압감에 고개를 끄덕이며 존대했다.

자연스럽게 위압감을 드러낸 이는 다름 아닌 흑권이었다.

그런 흑권 곁으로 흑창이 뚜벅뚜벅 걸어 나갔다. 그리고는 아그논을 비롯해 왕귀진과 용병들을 가두고 있는 모래 감옥 앞에 섰다.

흑창은 등에 메고 있던 장창을 꺼내들고는 다른 한 손으로 휘휘 내저었다. 뒤로 물러나라는 뜻이었다.

하지만 아그논과 덩컨, 바드는 경황이 없는지라 바로 그 뜻을 알아차리지 못했다.

"뒤로 물러나라."

결국 흑검이 한 걸음 나서며 흑창의 뜻을 대신 전했다.

아그논과 덩컨, 바드가 용병들과 함께 일제히 뒤로 물러나자 흑창이 장창을 머리 위로 들어 올리며 회전시켰다.

후웅 후웅—

바람을 가르는 파음에 대기가 진동했다.

공기마저 갈기갈기 찢던 장창의 창대가 모래 창살을 갈랐다.

……!

그 어떤 소리도 없었다.

마치 장창의 그림자가 그저 창살을 훑고 지나간 것처럼.

하지만 그것도 잠시.

모래 창살은 바람에 흩어지는 모래성처럼 땅바닥으로 우수수 무너지며 흘러내렸다.

그러는 사이 흑도가 몬텔레 앞으로 뚜벅뚜벅 걸어갔다.

"그러니까 네가 가이진을 죽이겠다고?"

푸하아악!

걸음을 한 걸음씩 내딛을 때마다 주위로 거센 바람이 일었다. 흑도가 일으키는 바람은 바로 마력에 의한 마나의 고통스런 몸부림이었다.

"꺼억!"

폭풍과도 같은 무형의 기운이 몬텔레의 목을 쥐어틀자 그의 안색은 파리하게 변했다.

"네, 네놈들은 누구……."

하지만 몬텔레는 생각한 바를 모두 입으로 꺼내지 못했다.

털썩!

오히려 얼굴이 하얗게 탈색되는 것도 모자라 두려움에 뒷걸음치다 그만 주저앉아 버린 것이다.

핑 핑 핑!

흑도의 손에서 무형의 기운이 쏘아져나가 몬텔레의 몸 몇 곳을 때렸다.

"끄으……!"

점혈을 한 것이다.

핑!

거기에 마지막으로 아혈마저 짚어 목소리마저 막아버렸다.

흑도는 나무토막처럼 뻣뻣해진 몬텔레에게 손을 내밀었고 우악스럽게 머리카락을 움켜잡으며 강제로 몸을 일으켜 세웠다. 그리고 몬텔레의 목을 돌려 마법사들과 용병들이 싸우는 곳을 강제로 쳐다보게 만들었다.

"잘 봐, 죽어나가는 쥐새끼가 누군지."

흑도는 꼼짝달싹하지 못하는 몬텔레를 향해 나직하게 말하고는 허리를 들어올렸다.

"으랏차!"

흑도는 허공으로 훌쩍 몸을 날렸다.

그런 흑도의 신형은 허공에서 마치 순간 이동 마법을 펼친 것처럼 갑자기 사라졌다.

"으아아!"

"아이구야!"

몬텔레가 흑도의 신형이 사라졌다고 느낄 무렵, 마법사들과 용병들이 뒤엉킨 싸움판에서 조금은 이상한 비명들이 연이어 터져 나왔다.

"허걱!"

"아니고, 나 살려!"

그 비명과 함께 허공으로 용병들의 몸이 솟구쳤다. 동시다발적으로 허공으로 튕겨 올라간 용병들은 부서진 모래 감옥을 등지고 서 있는 아그논 앞으로 툭툭 떨어지기 시작했다.

"거치적거린다! 나오너라, 이놈들아! 으하하하하!"

흑도의 걸걸한 웃음이 중간에 한 번 터져 나왔고, 연이어 용병들의 비명소리와 함께 그들의 몸이 종잇장처럼 날아와 아그논 앞으로 차곡차곡 쌓여갔다.

그렇게 눈 몇 번 깜짝할 사이에 살아 있는 용병들은 모두 아그논 앞으로 짐짝처럼 쌓였다.

짐짝 취급을 받은 용병들이 무슨 일이 벌어진지도 모른 채 그저 눈만 끔뻑거리고 있을 때였다.

"자, 그럼 시작해볼까? 이 잡놈들아!"

마법사들의 머리 위에서 흑도의 짙은 살기가 담긴 일갈이 우렁차게 터져 나왔다.

"타, 탑주님!"

마법사들은 그제야 무력하게 무릎을 꿇고 있는 몬텔레의 몰골을 발견한 모양이었다.

"스승님!"

티모시를 비롯해 몇몇 마법사들이 몬텔레를 불안한 목소리로 불렀다.

"모두 여기서 살아 나갈 생각은 접어라!"

흑도의 목소리에는 어느새 장난기가 사라져 있었다.

그리고 그 자리에는 과거 무림을 질타하던 폭군, 광풍도마 사극유의 진면목이 여지없이 드러났다.

"마, 마법사?"

플라이 마법과도 같은 허공답보에 듀락, 대지의 탑 마법사들은 순간 흑도를 마법사로 착각하고 말았다.

"분명 흑마법사일 것이다! 대지의 빛을 뿌려라!"

티모시는 조금 전 몬텔레가 그랬던 것처럼 같은 명령을 내렸다.

후우우웅!

대지의 빛이 사방에 가득 채워졌다.

하지만 그것은 완전히 오판이었다.

흑도는 무인이다.

"갈!"

그럼에도 마치 진흙 바닥을 나뒹구는 것처럼 기분 나쁜 질척거림이 온몸에 느껴지자 흑도는 목소리에 마력을 담아 일갈을 내질렀다.

후아아악!

그러자 사방을 뒤덮고 있던 대지의 빛이 흑도를 중심으로 불이 꺼지듯 사그라졌다.

"헉!"

마법사들은 소리만으로 대지의 빛을 담고 있는 마나를 밀어내 버리는 흑도의 모습에 기겁성을 삼켜야 했다.

"제자들은 대지의 빛을 뿌리고, 수석, 차석 마법사들은 저 자를 공격하라! 어서!"

티모시는 마나를 다급히 끌어올리며 넋을 잃고 망연히 서 있는 마법사들에게 큰 목소리로 명령을 내렸다.

그 순간 흑도의 눈빛이 반짝였다.

그리고 흑도의 신형이 그 자리에서 사라졌다. 흑도가 다시 홀연히 모습을 드러낸 곳은 티모시 바로 앞이었다.

"거추장스런 녀석이구나!"

흑도는 도를 번쩍 들어올렸다.

티모시는 대지, 듀락의 부탑주다.

단지 몬텔레의 제자라는 이유로 부탑주 자리에 오른 것은 아니다. 그는 엄연히 5서클 마스터의 대마법사였다.

"샌드 배리어(Sand barrier)!"

후그그극!

티모시 앞으로 모래 방벽이 만들어졌다.

"흥!"

몬텔레 탑주도 어찌하지 못한 흑도였다. 그런 상황에서 부탑주 티모시는 흑도에게 있어 그저 힘이 조금 센 아이에 불과

할 뿐이었다.

또한 샌드 배리어가 강력한 방어 마법이기는 하지만 흑도가 상대했던 적의 검막은 그보다 더 강한 것이다.

촤아아악!

흑도는 도에 강기를 담아 모래 방벽을 반으로 갈라버렸다.

종잇장처럼 찢어진 모래 방벽 뒤로 사색이 된 티모시의 얼굴이 드러났다.

흑도는 싸늘한 웃음을 지으며 이미 갈라진 모래 방벽을 다시 가르며 티모시 앞으로 성큼 다가섰다.

"히, 히익! 블링크!"

티모시는 거리를 벌려야 승산이 있다고 판단하고 그 자리에서 몸을 내뺐다.

그가 흑도의 등 뒤에 모습을 드러내고 흑도에게 마나를 집중하려 할 때였다.

티모시의 등 뒤로 흑검이 모습을 드러냈다.

그리고는 가차 없이 그의 목을 향해 검을 휘둘렀다.

서걱!

섬뜩한 소리가 티모시의 목을 가르고 지나갔다.

쿵!

죽음의 고통을 인지할 사이도 없이 티모시의 몸은 바닥으로 툭 떨어졌다.

"너, 너!"

"흥!"

흑검은 황당해하는 흑도를 향해 코웃음을 친 후 마법사들 틈으로 뛰어들었다.

흑검이 휘두르는 청아한 반월의 강기는 마법사들의 피를 머금으며 붉은 마기를 드러냈다.

"으아아악!"

그것에 질투심을 느낀 흑도도 마법사들 틈으로 뛰어들었다.

마치 두 마리의 성난 사자가 사슴 떼 속을 누비고 다니는 광경이 연출됐다.

"이, 인간이 아니……!"

그때부터 차마 눈 뜨고는 보지 못할 무자비한 살육이 시작됐다. 그리고 백여 명의 마법사들을 모두 전멸시키는데 걸린 시간은 5분이 채 되지 않았다.

"으어, 으어어어!"

그 참혹한 광경에 아혈을 점혈 당해 말도 할 수 없는 몬텔레가 온몸으로 울부짖었다.

비록 몸을 움직이지 못하지만 부릅떠진 눈은 붉게 충혈되어 있었고, 격하게 요동치고 있었다.

정적.

아그논도, 덩컨도, 바드도 눈을 부릅떴다.

그리고 늑대왕 용병대 소속의 용병들은 숨소리조차 죽여야 했다.

그들은 그 어떤 소리도 내지 못했다.

상상을 넘어서는 놀라움에 입을 한껏 벌렸으나 목구멍이 그만 막혀버린 것이다.

"악마 같은 놈들! 네놈들이 그러고도……."

잠시 후, 몬텔레는 아혈이 풀리자마자 원독이 가득한 목소리를 내질렀다.

서걱!

흑창의 창이 그런 몬텔레의 목을 베어버렸다.

"이런 놈들에게 우리 주군이……."

흑창의 입술은 파르르 떨리고 있었다.

"너!"

흑창이 바드를 가리켰다.

"예? 옙!"

바드는 화들짝 놀란 뒤, 재빠르게 흑창 앞으로 뛰어와 부동자세를 취했다.

흑창이 피범벅이 된 시신들 쪽으로 손을 뻗었다.

우웅—

마나가 요동치자 시신들 사이에 떨어져 있던 창 하나가 허공을 날아와 흑창의 손에 쥐어졌다. 흑창은 몬텔레의 수급을 창으로 찍어 들어올렸다.

"마탑 앞에 꽂아라!"

피 냄새를 진득하게 풍김에도 불구하고 흑창의 모습은 차분하기 그지없었다.

그러나 그의 눈동자는 마기에 취해 붉어져 있었다.

극도의 인내심으로 끓어오르는 피를 애써 억누르고 있었던 것이다.

"마, 마탑 앞에……. 알겠습니다!"

바드는 크게 복명했다.

*   *   *

단상 위에 놓인 태사의.

콰직!

그 팔걸이 한 귀퉁이가 이베른의 손아귀에 부서졌다. 그의 눈은 노기를 참지 못하고 연신 씰룩거리고 있었다.

그 아래 마이런과 카네티가 죽은 듯 바싹 엎드린 채 숨을 죽이고 있었고, 그 옆으로 사크스가 눈살을 살짝 찌푸린 채 오연히 서 있었다.

"그러니까 두 놈이 서로 못 잡아먹어 으르렁거리다가 다 잡은 고기를 놓쳤다? 지금 이 말이더냐!"

절대자의 위엄에 노성이 더해지자 바닥에 바싹 엎드려 있던 마이런과 카네티의 몸이 한 차례 부르르 떨렸다.

쿵!

"주, 죽을죄를 지었습니다."

마이런은 머리를 바닥에 강하게 찧으며 더욱 깊게 몸을 낮췄다.

"한 번만 용서를……, 다시는 이런 일이 없도록……."

이에 뒤질세라 카네티 역시 몸을 더욱 낮게 숙였다.

그들을 내려다보는 이베른의 눈에서는 살심이 넘실거렸다.

생각 같아서는 둘 모두를 쳐 죽여도 시원하지 않을 것 같았다. 하지만 마탑이 견고하지 않은 지금은 참고 넘길 수밖에 없었다.

"용서는 이번 한 번뿐이다."

이베른은 살기를 거둬들였다.

"휴우."

"하아."

목을 옥죄어오던 살기가 걷히자 둘은 미약하게 안도의 한숨을 내쉬었다.

"일어나라."

이베른의 허락이 떨어지고 바싹 바닥에 엎드려 있던 두 사람은 자리에서 일어났다. 그때 젊은 마법사가 사색이 된 얼굴로 급히 안으로 뛰어 들어왔다.

"이 무슨 경망스러운 짓이냐!"

분위기가 좋지 않은지라 사크스는 나직하게 호통을 쳤다.

"크, 큰일……."

그러자 마법사는 나직하게 보고했지만 그의 목소리는 바르르 떨리고 있었다.

"무슨 일이냐?"

사크스는 이베른의 눈치를 살짝 살피며 마법사에게로 바투 다가섰다.

"마, 마탑 앞에……."

"어허!"

여전히 젊은 마법사가 머뭇거리며 말끝을 흐리자 사크스는 나직하게 으름장을 놓았다.

"……마탑 앞에 몬텔레 탑주님의 수급이……."

"뭐, 뭣이라?"

사크스는 너무 놀라 큰 소리를 내지르고 말았다.

너무나도 조용한 자리인지라 굳이 사크스의 입을 통하지 않아도 모두 젊은 마법사의 보고를 들을 수 있었다.

파바방!

자리에서 벌떡 일어나는 이베른의 몸에서 거센 마나가 폭사되었고, 단단한 나무로 만들어진 태사의는 그 힘을 이기지 못하고 산산이 부서지고 말았다.

"지금 뭐라고 했나?"

이베른은 폭사된 마나를 염력 마법으로 변화시켜 젊은 마법사를 코앞까지 끌어당겼다.

"컥, 컥!"

마법사는 매서운 기운과 쉽사리 감당할 수 없는 마나의 기세에 숨조차 제대로 내쉬지 못했다.

"몬텔레 탑주……, 크으! 의 수, 수급이……, 커헉! 마탑 앞에……."

하지만 이베른 앞이다.

숨이 막혀도 이베른의 질문에는 대답해야 한다. 그렇기에 마법사는 막혀가는 숨결에도 모든 힘을 쥐어짜내 힘겹게 대답을 토해놓았다.

뿌드득!

하지만 그 대답을 다 늘어놓기도 전에 이베른의 손에서 목뼈가 부러진 젊은 마법사는 그대로 절명하고 말았다.

축 늘어진 마법사의 시신을 이베른은 바닥으로 팽개치며 이를 빠드득 갈았다.

"전시 체제로 들어간다! 지금부터 모든 힘을 동원해 반마탑을 선포한 놈들을 몰살시키겠다!"

"며, 명!"

"명!"

이베른의 얼굴은 분노를 감추지 못하고 경련이 일어나고 있었다.

* * *

반쯤 폐허가 되어버린 주점 안.

두 개의 탁자가 놓인 곳에 왕귀진이 누워 있었다.

"흠……."

그의 완맥을 잡고 있던 흑권이 미약한 신음을 삼켰다.

"수장, 이 녀석 상태 어때?"

흑도의 질문에 아그논을 비롯해 살아남은 늑대왕 용병대 대원들이 하나같이 귀를 종긋 세웠다.

"기혈이 뒤틀렸다. 일단 악화되는 것부터 막아야겠다. 호법을 서거라."

흑권은 기절한 왕귀진을 일으켜 앉히고는 그 뒤에 가부좌를 틀고 앉았다. 그리고는 왕귀진의 명문혈에 손을 얹었다.

흑권이 무얼 하려는지 알기에 흑도와 흑창, 흑검은 품(品)자 형태로 호법을 섰다.

"잠시 모두 물러나라."

흑권의 명에 아그논과 덩컨, 바드는 뒤로 멀찌감치 물러났다.

모든 준비가 끝나자 흑권은 마기을 일으켜 왕귀진의 명문혈을 통해 흘려보냈다.

초조하다 못해 지루한 시간이 흘러갔다.

그렇게 약 1시간쯤 지나자 거뭇하던 왕귀진의 얼굴에 조금씩 혈색이 돌기 시작했다. 그리고 얼마 지나지 않아 왕귀진이 눈을 떴다.

"끄으으……, 우웩!"

왕귀진은 잠시 신음을 흘리더니 검은 피를 한 바가지나 토했다. 기혈을 잠식하고 있던 사혈이었다.

"후우."

그때서야 흑권이 그의 명문혈에서 손을 떼며 나직하게 숨을 토해냈다. 그리고는 뒤로 물러나며 이마에 맺힌 굵은 땀방울을 소매로 훔쳤다.

"괜, 괜찮으십니까?"

아그논이었다.

하지만 조금 전 흑권의 경고가 있어서인지 왕귀진에게 선뜻 다가가지 못하고 멀리서 물을 뿐이었다.

"어르신!"

왕귀진은 주변에서 호법을 서고 있던 흑사신을 발견하자 자리에서 일어나려다 얼굴을 찌푸리며 다시 주저앉았다.

"완쾌된 것이 아니다. 무리하지 말거라."

"이 은혜를 어떻게……."

"은혜라 생각한다면 어서 몸을 추스른 후 주군의 복수만을 생각하여라."

마현이 떠올라서일까. 왕귀진은 울분에 찬 표정을 지으며 고개를 푹 숙였다.

"괜찮으십니까?"

그런 그에게 아그논과 덩컨, 바드가 다가섰다.

"괜찮소. 다른 이들은?"

"일단 몸을 피해 있으라 했습니다."

"많은 이들이……."

왕귀진의 목소리가 급격히 어두워졌다.

"장소를 옮겨야겠구나. 긴 이야기는 잠시 뒤로 미루어라. 바람 식당이라고 했느냐?"

왕귀진은 아직까지 기혈이 온전히 치유되지 않은 상태인지라 심신을 안정시켜야 했다. 그렇기에 흑권이 일부러 둘 사이의 말을 끊은 것이다.

"그렇습니다."

"일단 그곳으로 가자."

"뭐 해? 업지 않고."

흑도가 덩치가 좋은 덩컨의 등을 팡 쳤다.

"예, 예. 알겠습니다."

* * *

용병 길드 정문에서 그리 멀지 않은 곳.

제법 인파가 붐비는 도로변에 위치한 아담한 규모의 바람 식당.

철용은 뒷골목에 은밀히 몸을 숨기고 바람 식당 정문을 쳐다보았다.

"푸른 등이군."

바람 식당 정문 위에는 푸른 등이 걸려 있었다.

밀러의 말에 철용은 고개를 끄덕인 후 뒷골목으로 사라졌다. 그리고 그들이 다시 모습을 드러낸 곳은 바로 바람 식당 뒤편, 뒤채가 있는 담벼락이었다.

쿵 쿵쿵 쿵 쿵쿵!

담벼락 한 모퉁이에 선 철용은 돌로 만들어진 벽을 주먹으로 박자를 맞춰 두들겼다.

쿵쿵쿵!

그러자 안에서도 일정한 간격으로 벽을 두드리는 소리가 들려왔다. 그 소리에 철용은 주위를 힐끗 살핀 후 다시 박자를 맞춰 벽을 두들겼다.

스륵!

그때 담벼락에서 작은 구멍이 만들어지며 한 쌍의 눈동자가 나타났다. 바로 케이슨이었다.

후웅!

옅은 마나의 파장과 함께 담벼락 일부분이 문처럼 열렸다. 철용과 밀러는 그 문을 통해 재빨리 안으로 들어갔다.

철용과 밀러가 들어서자 케이슨은 밖을 유심히 살핀 후 안에 빼곡하게 그려진 마법진 일부를 건드려 다시 담벼락을 복원시켰다.

"무사하셔서 다행이오."

케이슨은 안도감을 내보였다.

"꼬리를 끊느라 조금 늦었을 뿐이오."

철용의 대답에 케이슨은 고개를 끄덕였다.

"모두 모였소이까?"

철용의 질문에 케이슨은 고개를 저었다.

"아직 흑풍대주에겐 연락이 없습니다."

"대주께서?"

철용의 안색이 어두워졌다.

"마탑이 통합되었다고 하지 않았소?"

"그렇게 들었소."

"여섯 개의 마탑이 전부 통합된 것이오?"

"그건 아닌 것 같소. 일단 바람, 로쉴드 마탑은 네이폴 마탑주와 그의 직계 제자들이 몰살당하면서 와해된 것 같다고 하오. 그래서 그들은 통합된 마탑에서는 배재가 된 듯하고, 또 한 군데 대장장이 샤토 마탑 역시 마탑 간의 알력 관계에서 밀려난 지 오래라 그곳 역시 배재가 되었을 거라 하오."

그 설명을 듣자 철용의 표정은 더욱 어두워졌다.

촤아아악!

그때였다.

일반인들의 눈에는 보이지 않는 투명한 방어 마법진이 찢어졌다.

"누구냐!"

그 소리에 케이슨과 철용은 누가 먼저라고 할 것도 없이 바스타드소드와 롱소드를 뽑아들었다. 또한 밀러도 마력을 끌어올리며 허공으로 시선을 올렸다.

"잠깐!"

허공에 떠 있는 몇몇 그림자의 얼굴을 확인한 철용이 서둘러 손을 들어 케이슨과 밀러를 제지했다.

"오랜만이구려."

"아!"

흑권을 본 케이슨은 목례를 취하며 바스타드소드를 검집에 넣었다.

흑권에 이어 세 흑사신이 나타났고, 그 뒤를 따라 왕귀진을 비롯해 아그논과 덩컨, 바드가 속속 뒤채 마당으로 내려섰다.

콰당!

그때 별채 문이 벌컥 열리며 케이슨 용병기사단과 흑풍대원들이 일제히 기세를 풍기며 우르르 뛰어 내려왔다. 마법진이 갈라지는 기운을 그들도 느낀 모양이었다.

"일단 대주를 안으로 모시게."

흑권의 말에 철용은 덩컨과 바드의 어깨에 몸을 의지한 채 힘겹게 서 있는 왕귀진을 뒤늦게 발견했다.

"대, 대주!"

철용이 놀란 얼굴로 왕귀진에게 다가서자 흑풍대원이 모두 걱정스러운 얼굴을 하고 그들을 둘러쌌다.

"이거 면목이 서지 않는군."

왕귀진은 쓴웃음을 지었다.

"어떻게 된 것입니까?"

"대지, 듀락의 탑이 습격했습니다."

아그논이 왕귀진을 대신해 대답해 주었다.

안면은 있었지만 그렇다고 서로 인사를 나눈 적은 없었다. 하지만 이미 전장에서 서로 얼굴을 익힌 바 있다.

상황이 상황인지라 둘은 짧게 눈인사로 인사를 대신했다.

"자세한 상황 설명은 잠시 뒤로 미루지요. 어서 대주를 안으로 모셔라."

철용의 명에 흑풍대원 둘이 왕귀진을 부축했고 흑풍대와 아그논 일행이 먼저 별채 안으로 들어갔다.

그들이 별채로 들어가자 마당에는 흑사신과 케이슨 용병기사단만이 얼떨떨한 얼굴로 서 있었다.

"오, 이쁜이!"

어색하기 그지없는 정적을 깨트린 것은 바로 반가움이 절절하게 묻어난 흑도의 목소리였다. 흑도의 목소리가 향한 곳에는 자브라가 서 있었다.

흑도는 헤픈 웃음을 지으며 자브라에게 바람처럼 달려 나갔다.

"이야! 못 본 사이에 더 예뻐졌는데. 어때? 오늘밤 단둘이……."

"단둘이 뭐?"

당연히 자브라는 눈살을 찌푸렸다.

"알면서 뭘 물어."

흑도는 팔꿈치로 자브라의 어깨를 툭 치며 몸을 꽈배기처럼 베베 꼬았다.

"응응."

그리고는 콧소리로 흘리며 반달 눈웃음을 지었다.

빠직!

만약 이맛살에 핏줄이 돋아나는 소리가 있다면 아마도 지금과 같은 소리가 났을 것이다.

"본좌가 기가 막힌 밤을……."

이어진 흑도의 말에 자브라의 눈꺼풀이 파르르 떨렸다.

"아직 정신을 못 차렸구나!"

아이작이 둘 사이에 끼어들었다.

"크크크!"

흑도는 득의에 찬 웃음을 터트리며 아이작에게 얼굴을 바싹 들이밀었다.

"한판 붙어볼까?"

그리고는 나직하게 으르렁거렸다.

"뭐, 뭐야?"

아이작이 미간을 좁히며 재빨리 한 걸음 뒤로 물러났다.

"왜, 겁나냐?"

흑도는 껄렁한 목소리로 아이작을 한껏 자극했다.

그러자 아이작은 손을 뻗어 자브라를 등 뒤로 끌어당기며 투핸드소드의 검자루에 손을 얹었다.

"진짜 따끔한 맛을 봐야 정신 차리겠구나!"

아이작은 투핸드소드를 살짝 빼며 으름장을 늘어놓았다.

"흐흐흐흐!"

흑도의 기도가 한순간 바뀌었다.

그 기운에 눌린 아이작의 안색이 살짝 굳어졌다.

흑도는 아이작에게 다가가 검집에서 조금 빠져나온 검을 왼손으로 지그시 눌러 밀어 넣고는 오른손으로 그의 어깨를 움켜잡았다.

"큭!"

순간 아이작의 굳게 닫힌 입술 사이로 짧은 신음이 새어나왔다. 파르르 떨리는 입술과 고통을 이기지 못해 벌겋게 충혈된 눈동자.

'자식, 겁먹었군.'

흑도는 자신의 엄청난 기세에 아이작이 위축되었다고 생각했다.

하지만 그건 어디까지나 흑도의 착각이었다.

오랜만에 본 자브라 앞에서 피를 보기 싫은 흑도는 그 정도면 아이작이 꼬리를 말 것이라 여겼다. 만약 보통 전장에서나 시비 끝에 싸움이 벌어졌다면 그럴 수도 있겠지만, 지금은 전혀 다른 상황이었다.

흑도는 검집을 잡고 있는 아이작의 손등에 굵은 힘줄이 돋아나고 있음을 보지 못한 것이다. 그 이유는 홀로 착각 속에 빠진 흑도가 그새 아이작을 잊어버리고 자브라를 향해 헤픈 눈웃음을 짓고 있었기 때문이다.

스릉—

그때 아이작의 투핸드소드가 반쯤 뽑혔다.

"갈!"

흑도는 아이작을 향해 마후(魔吼)를 터트렸다.

"컥!"

그 지독한 음공에 아이작은 짧게 몸을 바르르 떤 후 그대로 허물어졌다.

"짜식! 어디서 까불어!"

흑도는 손바닥을 탁탁 털더니 양손을 마주 꼭 잡으며 다시 자브라를 향해 방긋 눈웃음을 지어 보였다.

"우리 이쁜이, 오늘밤에……."

"감히! 감히!"

자브라의 숨결이 거칠어졌다.

자브라가 성난 고양이처럼 자신을 노려보자 흑도는 그저 눈만 끔뻑거렸다.

"너 이 새끼, 죽여 버릴 테다!"

오뉴월에나 내린다는 서릿발과도 같은 여인의 원독 가득한 목소리가 쩌렁쩌렁 울려 퍼졌다.

부웅!

자브라는 성큼 다가와 흑도의 낭심을 향해 발을 걷어 차올렸다.

'어? 이게 아닌데!'

느릿한 정지화면처럼 세상이 멈췄다.

'왜 갑자기 레이디 자브라가…….'

갑자기 흑도의 머릿속에 떠오르는 수많은 생각들.

하지만 그것보다 먼저 자신의 중요한! 낭심으로 날아오는 자브라의 발부터 막아야 했다. 무엇보다 소중하게 지켜야 할 것이니까.

흑도는 한쪽 무릎을 꺾으며 자브라를 쳐다보았다.

눈물이 고인 자브라의 눈망울이 보였다.

'반드시 막아야 한다.'

그런데 왠지 막아서는 안 될 것 같다는 느낌이 들었다.

'……막아야 하는데.'

흑도의 눈에서 눈물이 핑 돌았다.

퍽!

이윽고 자브라의 발이 흑도의 낭심에 꽂혔다.

"컥!"

흑도의 눈이 뒤집혔다.

이어 들려온 자브라의 걱정이 담긴 목소리.

"자기야!"

'젠장! 막을 걸!'

흑도는 울분을 삼키며 그대로 정신 줄을 놓아버렸다.

제4장

핏빛 거리

핏빛 거리

언제나 활기로 넘치는 빌더 시 남쪽 용병들의 거리.

왁자지껄한 활기가 흐르던 용병들의 거리에 통합 마탑 소속 조화, 스플린의 탑 차석 마법사 갈리오와 그 휘하 연구 마법사 셋이 들어서자 찬물을 끼얹은 것처럼 한순간 조용해졌다.

활기를 대신해 들어선 건 오로지 싸늘한 시선.

그 이유는 단 하나.

어제 대지, 듀락의 탑의 기습에 늑대왕 용병대가 반수 가깝게 죽었다는 소문이 돌았기 때문이다.

"기분 나쁘군."

용병들의 적의에 찬 눈빛에 갈리오는 눈살을 찌푸렸다.

"그러게 말입니다, 갈리오 님."

휘하 연구 마법사 한 명이 갈리오의 옆에 바싹 달라붙었다. 그리고는 노골적으로 반감 어린 시선을 보내는 용병들의 눈빛에 인상을 찌푸리며 맞장구를 쳤다.

저벅 저벅 저벅.

용병들의 거리가 오로지 그들의 발자국 소리만 들릴 정도로 고요해졌다.

쿵 쿵 쿵 쿵!

그들이 지나가자 길가에 늘어서 있는 주점에서 투박한 파음이 흘러나왔다. 용병 한 명이 '빨리 이 거리에서 사라지라'는 뜻으로 맥주컵을 들어 탁자를 내려치기 시작한 것이다.

쿵쿵 쿵쿵 쿵쿵!

그러자 너도나도 할 것 없이 모두가 맥주컵을 들어 탁자를 내려쳤다.

그럼에도 불구하고 누구 하나 소리를 내지 않았다.

용병은 묵묵히 맥주컵을 두들기며 적의에 찬 시선만을 던질 뿐이었다.

"천한 것들. 쯧쯧쯧!"

한 마법사가 그런 용병들을 조롱기 어린 눈으로 쳐다보며 혀를 찼다.

"천한 것들? 이 호로새끼가!"

마법사의 목소리는 작았지만, 그 목소리를 분명히 들은 용병도 있었다.

팡!

 산만한 덩치에 털이 수북한 한 용병이 들고 있던 맥주컵을 그대로 마법사들에게 집어던졌다. 노기는 담겼지만 그냥 가볍게 던진 맥주컵이었기에 마법사들은 손쉽게 피할 수 있었다.

촤작!

 하지만 맥주컵에 맥주가 담겨 있다는 것을 미처 고려하지 못했는지 갈리오의 얼굴과 옷에 맥주가 한가득 뿌려졌다.

"차, 차석 마법사님!"

"이 잡종 놈들이!"

 그 옆에서 맞장구를 쳐주던 마법사가 급격히 마나를 일으키며 털북숭이 용병을 향해 아쿠아볼을 만들어 날렸다.

쑤아앙!

 느닷없는 기습 공격에 털북숭이 용병의 얼굴에 사색이 짙게 깔렸다.

"마이크! 실드!"

 순간 그 옆에 있던 동료 용병 마법사가 재빨리 튀어나왔다.

차장창창창!

 하지만 실력의 차이 때문인지 실드는 아쿠아볼을 이기지 못하고 여지없이 부서졌다. 그리고 그 여파에 휩쓸린 용병 마법사는 피를 토하며 뒤로 튕겨졌다.

"샘!"

그러자 털북숭이 용병이 뒤로 날아가는 용병 마법사를 빠르게 안아들었다.

"쿨럭!"

창백한 얼굴을 한 용병 마법사는 기침과 함께 피를 한 모금 울컥 토해냈다.

"이 개새끼들!"

털북숭이 용병은 동료를 바닥에 내려놓으며 마탑 마법사를 향해 달려들었다.

"안 돼!"

자리에서 힘겹게 몸을 일으키며 용병 마법사가 절박하게 소리쳤다. 하지만 이미 털북숭이 용병은 마탑 마법사를 향해 달려들고 있었고, 마탑 마법사의 몸에서는 전보다 더 강한 마나의 기파가 뿜어져 나오고 있었다.

용병 마법사는 입술을 강하게 깨물며 결의에 찬 눈빛을 하고 전면을 노려보았다.

파밧!

그러자 그의 몸을 은은히 덮고 있던 푸른 마나가 서서히 검게 물들어갔다.

"흑마법사?"

그 기운을 감지하자 갈리오를 비롯한 마탑의 마법사들의 눈이 일제히 용병 마법사에게 돌아갔다.

"이야압!"

그때 털북숭이 용병의 입에서 거침없는 기합성이 터져 나왔다.

"헉!"

잠시 한눈을 판 사이 털북숭이 용병의 메이스가 마탑 마법사의 머리를 향해 떨어지고 있었다.

마탑 마법사는 반사적으로 몸을 틀었다.

콰직!

머리를 비켜간 털북숭이 용병의 메이스는 마탑 마법사의 어깨를 완전히 부숴 버렸다.

"으아악!"

마탑 마법사는 그 자리에 쓰러졌고, 곧 부서진 어깨를 움켜잡은 채 고통스런 비명을 내지르며 바닥을 뒹굴었다.

휘하 마탑 마법사가 쓰러졌지만 오히려 갈리오의 입에서는 비릿한 미소가 떠오르고 있었다.

콰과광!

갈리오의 눈동자에서 살기가 감돌기가 무섭게 그의 손에서는 강력한 마나가 뿜어져나갔다.

"으아아악!"

그것은 용병 마법사는 물론이고 털북숭이 용병도 어디로 피할 틈이 없을 정도로 빠르고 강력했다. 털북숭이 용병은 한순간 화염에 휩싸였고 그대로 절명했다.

"죽여 버리겠다!"

용병 마법사는 거침없이 어둠의 마나를 뿌리며 갈리오에게로 달려들었다. 하지만 너무도 분명한 서클의 차이는 극복할 수 없는 벽이었다.

"마신을 섬기며 인간이기를 포기한 자다! 주신과 빛의 아레스의 이름으로 일벌백계를 하리라!"

갈리오는 자신의 행동을 정당함으로 포장하며 달려드는 용병 마법사를 향해 차가운 살기를 뿌렸다.

"거센 물살이 승천한다, 워터스파우트(Waterspout)!"

쏴아아아아—

바닥을 뚫고 올라온 거센 물기둥은 용병 마법사뿐만 아니라 어둠의 마나까지 순식간에 휩쓸며 집어삼켰다.

물기둥 안에 갇힌 용병 마법사의 몸은 갈기갈기 찢어졌고, 파란 물기둥은 순식간에 붉어졌다.

"후후."

갈리오는 득의양양한 웃음을 지으며 마법을 거둬들였다.

5서클의 강력한 마법에 꼬리를 말고 있을 용병들의 얼굴을 떠올리며 말이다. 하지만 그건 어디까지나 그의 상상일 뿐이고, 바람일 뿐이었다.

거리의 공기는 더욱 무거워졌다.

그리고 살기가 더 진해졌다.

드르륵!

의자가 끌리는 소리가 여기저기에서 들려왔다.

용병들이 하나 둘 자리에서 일어나기 시작한 것이다.

수십? 아니 수백?

주점에 있던 용병들이 살기를 내뿜으며 거리로 나왔다. 그리고 갈리오를 비롯해 마탑 마법사들을 촘촘히 포위했다.

"뭐 하는 짓이냐?"

갈리오는 순간 버럭 고함을 내질렀다.

스르릉!

그것에 답하듯 검이 뽑혔다.

쿵!

철퇴가 탁자 위를, 바닥 위를 찍었다.

"감히 주신과 아레스의 이름을 더럽히려는 것이냐?"

갈리오는 이를 악물고 물러나지 않았다.

오히려 더욱 강하게 용병들을 압박했다.

하지만 그 위협은 용병들에게 먹히지 않았다.

용병들 중에는 신을 믿는 자도 많다. 하지만 안 믿는 자도 많다. 하루하루를 전장에서 살며 언제 죽을지 모르는 위태로운 생을 살아가는 이들에게 신은 하나의 울타리가 되어주는 존재이기도 하지만 한편으론 배부른 사람들의 헛소리이기도 했다.

또한 용병으로 떠도는 마법사들의 수도 결코 적지 않았다.

그들 중에는 암암리에 흑마법을 익힌 자들도 부지기수다. 그들과 생을 함께하는 용병들에게 있어 흑마법은 자신을 지켜주는 동료의 힘에 불과할 뿐이었다.

게다가 마탑이 마신으로 치부하는 신들 중에는 군신 아이벤이 있다.

아이벤은 마탑에게는 마신일지 몰라도 용병들에게는 든든한 신 중에 하나가 아닌가.

그런 그들에게 부신 아레스의 이름은 두려움을 주지 못했다.

"마탑의……."

자신의 위협이 씨알도 먹히지 않는 용병들을 보며 갈리오가 다시 소리치려 할 때였다.

쐐애애액!

그의 앞을 가로막은 한 용병이 아무런 말도 없이 검을 휘둘렀다.

"헙!"

갈리오는 헛바람을 들이마시며 최대한 몸을 뒤로 젖혔다.

서걱!

하지만 갈리오가 제아무리 날고 기는 실력이 있다 해도 그는 마법사다. 그런 그가 기습적으로 휘두른 용병의 검을 피할 재간은 부족했다. 그의 가슴 언저리에서 피가 터져 나왔다.

"차, 차석 마법사님!"

근처에 있던 마법사들도 몸이 굳어 그저 소리로만 애타게 그를 부를 뿐이었다.

쐐애애액!

다시금 갈리오를 향해 날아드는 용병의 칼날.

갈리오는 허둥지둥 몸을 일으켜 뒤로 뛰었다.

서걱!

그의 등이 다시 베이며 붉은 피가 튀었다. 하지만 갈리오는 고통을 느낄 여유조차 없었다. 그는 다만 빠르게 뛰어가 어깨가 부러져 바닥에 쓰러져 있던 휘하 마법사를 부둥켜안고 몸을 돌렸다.

푹!

"컥!"

단발마가 터져 나왔다.

그 비명의 주인은 갈리오가 아닌 어깨뼈가 부스러진 휘하 마탑 마법사의 것이었다.

그처럼 필사적으로 움직여 약간의 시간을 만들어낸 갈리오는 캐스팅이 필요 없는 최하급 공격 마법을 용병에게 날려버렸다.

"마나 미사일!"

퍼석!

갈리오의 마나미사일은 얼굴에서 가장 약한 부분, 용병의 눈을 그대로 짓이기며 파고든 후 머리 뒷부분까지 부숴 버렸다. 용병은 뇌수를 쏟으며 그대로 절명했다.

"훅훅!"

갈리오는 온몸에 흐르는 식은땀을 느끼며 자신의 몸을 무겁게 짓누르고 있는 휘하 마탑 제자의 시신을 옆으로 밀어 넘겼다. 그 즉시 용병들의 공격은 없었지만 일단 몸을 방어하기 위해 실드를 몸 주위에 쳤다.

"으아악!"

그사이 휘하의 다른 마탑 마법사 한 명이 용병의 무지막지한 도끼에 머리가 으깨지며 죽어나갔다.

"정신들 똑바로 차리지 못해!"

갈리오의 소리에도 불구하고 휘하의 마탑 마법사는 정신을 차리지 못하고 허둥지둥 갈피를 잡지 못하고 있었다.

'쯧!'

그 멍청한 꼴을 보니 휘하의 마탑 마법사는 살아남기 틀린 듯싶었다.

'나 혼자만이라도 살아야 한다.'

갈리오는 품에서 작은 원통 하나를 꺼내 하늘을 향해 치켜 세웠다. 그의 마나가 원통 안으로 스며들자 폭죽이 하늘로 솟아올랐다.

퍼벙! 펑펑펑펑!

위급을 알리는 폭죽이다.

'10분! 10분만 견디면 된다!'

그 시간도 넉넉히 잡아서다.

갈리오는 실드에 온 마나와 신경을 집중시켰다.

그리고 몸을 웅크렸다.

마치 딱딱한 등껍질 안에 거북이가 몸을 숨기듯.

하지만 그것은 명백한 오판이었다.

용병들 대부분이 우악스러운 검사들이지만 용병들 중엔 소수의 마법사들이 엄연히 존재하는 법.

"마나 동결 마법을 펼칩시다!"

2진처럼 후미에 물러서 있던 용병 마법사들 중 하나가 외쳤다.

비록 저서클의 마법사들이지만 힘을 합친다면 작은 거리 하나쯤은 마나를 동결시킬 수 있었다.

그 마음은 빠르게 하나가 되었고, 둥글게 서 있던 마법사들을 중심으로 주변의 마나가 마치 호수의 물이 얼듯이 동결되어갔다.

지이잉!

'찢어 죽여도 시원치 않을 놈들이!'

갈리오는 동결되는 주변의 마나를 느끼며 파르르 떨리는 입술을 깨물었다.

당장이라도 마나 동결 마법을 힘으로 깨트리고 용병 마법사들을 쳐 죽이고 싶었지만 그건 어디까지나 바람일 뿐이었다. 물론 갈리오의 능력이라면 능히 그렇게 할 수 있었지만 문제는 바로 눈앞까지 다가와 검을 들이밀고 있는 용병들 때문에 그마저도 여의치 않다는 점이었다.

마나 동결 마법을 깨트리기 위해서는 어쩔 수 없이 실드 마법을 풀어야 하는데, 그 시간이 아무리 짧다 해도 그사이에 용병들의 검이 자신의 목을 향해 날아올 것이 분명했다.

이 위기에서 벗어나려면 재빨리 다른 곳으로 몸을 피해야 하는데 이미 주변은 마나가 동결된 터라 그마저도 할 수 없는 상태였다.

쫘자자작!

결국 갈리오 지척까지 파고든 마나 동결 마법은 그가 펼친 실드까지 야금야금 잠식해 들어갔다.

"실드를 부수시오!"

한 용병 마법사의 외침이 들려왔다.

그 말에 용병들은 얼음이 언 듯 반투명하게 결빙되어 가는 실드 하부를 발견할 수 있었다. 하급 마법사들의 마나 동결 마법만으로 갈리오의 실드를 부숴 버릴 수는 없지만, 적어도 부서진 실드 마법이 복원되지 않게는 할 수 있었던 것이다.

"나오시오! 내가 부수리다!"

거구의 용병들이 하나둘 나섰다.

그들의 손에 들린 무기는 검 종류가 아닌 거대한 도끼나 철퇴 같은 타격 무기들이었다.

"으랏차!"

마치 벌목이라도 하려는 듯 앞으로 나선 용병들은 기합을 지르며 무기를 힘껏 들어 올려 실드 하부를 강하게 내려쳤다.

쿵!

실드가 강하게 울렸다.

하지만 마탑에서 나름 한 실력을 발휘하는 갈리오의 경지는 5서클 중급. 비록 마나 동결 마법에 실드가 훼손되었지만 여전히 견고하기만 했다.

"얼마나 버티는지 보자! 퉤!"

오기가 발동했는지 거구의 용병들은 손바닥에 침을 뱉어가며 병장기의 손잡이를 강하게 움켜잡았다.

쿵 쿵 쿵 쿵!

그리고는 실드 하단을 마구 두들기기 시작했다.

약간의 시간이 흐르자 실드는 소드익스퍼트의 경지에 들어선 용병들의 힘을 이기지 못하고 서서히 금이 가기 시작했다. 그러더니 결국 실드의 일부분이 깨져나갔다.

와장창창!

결국 용병들의 힘을 이기지 못한 실드는 완전히 부서졌고 마치 유리 파편이 바닥으로 떨어지듯 실드 조각들이 바닥으로 툭툭 떨어졌다.

"흐아압!"

완전히 무방비 상태가 된 갈리오에게 용병들의 철퇴와 도끼가 작렬했다.

"으아아악!"

갈리오는 정육점의 고기처럼 순식간에 잘게 짓이겨지며 목숨을 잃었다.

* * *

용병들의 거리에 짙은 살기가 내려앉았다.

그로 인해 용병들의 거리는 대낮임에도 불구하고 마치 밤거리를 연상시킬 정도였다.

자박 자박 자박!

그때 용병들의 거리에 한 무리의 마법사들이 모습을 드러냈다.

그 수는 대략 3백여 명.

바로 마탑의 마법사들이었다.

용병들의 거리로 들어선 마탑의 마법사들 중 일부가 빠르게 거리 곳곳으로 사라졌다.

잠시 후, 용병들의 거리 중앙을 관통하는 대로 끝에서 한 마법사의 목소리가 들려왔다.

"이쪽입니다!"

그 소리에 마탑 마법사들을 이끌고 온 사크스는 고개를 돌렸다. 그리고는 잠시 멈췄던 걸음을 그곳으로 옮겼다.

대로 한 중앙에 그나마 온전한 형태를 유지하는 마탑 마법사 시신 세 구와 형체를 짐작하기 어려울 정도로 참혹하게 다져진 시신 한 구가 눈에 들어왔다.

네 구의 시신을 내려다보는 사크스의 뺨에 경련이 일며 빠드득 이가 갈렸다.

"본 마탑이 이토록 우스운 존재로 보였단 말인가!"

나직했지만 살기가 뚝뚝 떨어지는 사크스의 중얼거림.

사크스와 함께 온 마탑의 마법사들은 그 한 마디에 사크스가 얼마나 분노했는지 알 수 있었다.

그의 분노에 함께 온 탑주들과 휘하 마법사들이 숨소리조차 죽일 정도였다.

"흑마법의 기운!"

사크스는 몸을 숙이며 바닥에 손을 짚었다.

"통일되지 않은 마나 동결 마법에 당했군."

"직접적인 사인은 철퇴류 같은 무기로 보입니다."

태양의 탑주 마이런이었다.

사크스는 고깃덩이나 다름없는 갈리오의 시신에서 그의 신분을 알리는 로브의 소맷자락 일부를 집어 들었다. 그리고는 손안에 꽉 움켜잡았다.

"마이런 탑주, 그리고 카네티 탑주."

사크스는 굴곡 없는 어조로 두 탑주를 불렀다.

"예, 부마탑주님."

"하명하십시오."

"용병들의 거리를 봉쇄하세요."

"알겠습니다."

마이런은 허리를 숙인 후 몸을 돌렸다.

"태양의 제자들은 당장 용병들의 거리를 봉쇄하라."

"바다의 제자들은 외부로 통하는 길목을 모두 막아라!"

둘의 명으로 인해 2백에 달하는 마법사들이 사방으로 흩어졌다.

"카뮈 탑주."

"분부 내리십시오."

"감히 마탑을 향해 반기를 든 자들을 찾아내세요. 반항하면 죽여도 무방합니다!"

"반드시 찾아내겠습니다."

카뮈는 자신의 휘하 수석 마법사들을 불러보았다.

"분명 본 마탑의 제자들을 죽인 장면을 목격한 자들이 있을 것이다. 살생이 뒤따라도 좋다. 무조건 찾아라!"

"명!"

"명!"

열 명의 조화, 스플린 탑의 수석 마법사들은 저마다 10명 안팎의 마법사들을 이끌고 사방으로 흩어졌다.

그리고 얼마 후.

우지끈! 와당탕탕탕!

대로 주변에 있던 한 주점 문이 부서지며 장년의 사내가 튕겨져 나왔다.

"바로 이 앞에서 벌어진 일을 너는 모른다고 발뺌하는 것이냐? 정녕 죽고 싶은 것이냐!"

카뮈의 명에 흩어졌던 수석 마법사들 중 하나가 주점의 주인으로 보이는 듯한 장년의 사내에게 다가가 으름장을 놓고 있었다.

"모릅니다. 정말 아무것도 보지 못했습니다! 살려 주십시오, 제발 목숨만은……."

장년의 사내는 애처로운 목소리로 용서를 빌었다.

"마지막이다. 너 아니라도 대답해 줄 자는 많다. 누구냐? 감히 마탑의 마법사를 죽인 놈들이…… 크악!"

조화, 스플린의 수석 마법사는 눈 하나 깜짝이지 않고 파이어 에로우로 그의 심장을 꿰뚫어 버렸다.

그처럼 사람들을 협박하고 살해하는 광경이 용병들의 거리 곳곳에서 벌어지고 있었다.

눈살이 찌푸려질 정도로 잔악한 광경이었지만 사크스는 태연한 표정으로 일관하고 있을 뿐이었다.

곧 그것이 단순한 협박이 아님을 용병들의 거리에 자리 잡은 상점의 주인들은 알게 되었다.

핏빛 공포가 지배하는 거리.

결국 공포를 이기지 못한 이들의 입에서 하나 둘씩 용병들의 이름이 거론되기 시작했다.

그런 정보는 카뮈를 통해 취합되어 사크스에게로 전달되었다.

적지 않은 수다.

갈리오를 비롯해 마탑 마법사들을 죽인 용병들을 모두 찾을 수는 없었지만 적어도 반수 이상의 신원은 확인할 수 있었다.

"모두 죽인다!"

사크스는 살생부가 되어버린 용병들의 명단이 적힌 종이를 움켜잡으며 살기를 드러냈다.

*　　*　　*

"자자, 술이나 마시자고!"

철퇴를 등에 메고 있는 거구의 용병이 양손으로 맥주가 가득 담긴 잔을 들고 와 탁자에 내려놓았다.

근심이 가득해 보이는 호리호리한 몸매의 용병은 좀처럼 상념에서 깨어나지 않았다.

"쯧!"

그러자 거구의 용병이 솥뚜껑만한 손바닥으로 용병 마법사의 등을 후려쳤다.

"아얏!"

정신이 번쩍 들 정도로 강한 타격이었기에 용병 마법사는 화들짝 놀라 자리에서 벌떡 일어났다. 그리고는 활처럼 등을 굽히며 몸을 부르르 떨었다.

"걱정을 사서 해요, 사서 해! 그냥 술이나 마셔."

거구의 용병은 왼손으로 맥주잔을 건네며 오른손으로는 맥주잔을 들어 벌컥벌컥 들이마셨다.

"크으! 죄다 뿔뿔이 흩어졌는데 누가 누군지 어떻게 알 거야? 너무 걱정하지 말고 술이나 마셔. 정 무서우면 이거 마시고 얼른 뜨든지."

"하긴 그렇겠지? 에라, 모르겠다."

용병 마법사도 더 이상 생각하는 것은 골치가 아팠는지 맥주잔을 들어 호리호리한 모습과는 그다지 어울리지 않게 벌컥벌컥 맥주를 들이켰다.

"좋구나!"

용병 마법사는 단숨에 반쯤 맥주를 비우고는 소매로 입가에 묻은 맥주거품을 닦았다.

"로렌스, 노빅. 맞나?"

그때 검은 그림자가 그들을 덮었고 낯선 목소리가 들려왔다.

순간 거구의 용병, 노빅의 얼굴이 구겨졌다.

낯선 목소리의 그림자를 등에 지고 있던 용병 마법사, 로렌스는 노빅의 경직된 얼굴을 바라보는 순간 표정이 굳어졌다. 둘의 눈이 허공에서 마주치는 순간 그들은 누가 먼저라고 할 것도 없이 주점 밖으로 몸을 날렸다.

하지만 그 둘을 밖에서 기다리고 있는 이는 다름 아닌 마이런이었다.

"윈드 커터!"

태양의 탑주라고 화염계 마법만 사용할 거라고 생각하는 것은 편견이다. 바람의 탑 출신 마법사보다야 위력이 약하겠지만 윈드 커터 마법쯤이야 그의 서클로 위력을 충분히 발휘할 수 있었다.

쐐애액!

바닥을 스치듯 낮게 깔린 바람의 칼날은 로렌스와 노빅의 발목을 하나씩 잘라버렸다.

"으악!"

"크악!"

둘은 비명을 지르며 바닥에 쓰러졌다.

우당탕탕탕!

그때 탁자가 넘어가며 용병 셋이 자리에서 벌떡 일어났다.

"이게 무슨 짓이……."

"플레임 토네이도!"

마이런의 마법 주문이 끝나기가 무섭게 탁자를 뒤엎으며 자리를 박차고 일어났던 세 명의 용병들 위로 용암이 치솟았다. 그리고는 뱀처럼 그 셋을 휘감았다.

눈 깜짝할 사이에 세 용병은 비명은커녕 시신조차 남기지 못하고 재로 변해 버렸다.

마이런은 그런 그들의 죽음에 시선조차 주지 않고 바닥에 쓰러진 로렌스와 노빅에게로 걸어갔다.

"본 마탑의 복수다."

서걱!

싱거울 정도로 너무나도 간단한 죽음이었다.

마이런은 피가 뚝뚝 떨어지는 두 명의 수급을 들어올렸다.

"이 시각 이후로 마탑에 반하는 자, 그 누구든 죽음을 면치 못할 것이다!"

 살기가 가득한 쩌렁쩌렁한 목소리가 용병들의 거리 사방으로 퍼져나갔다.

※　　※　　※

 광활한 빌더 시가 석양으로 붉게 물들어가고 있을 무렵.
 상당한 규모를 자랑하는 5층 웰즐리 용병대 본부가 갑자기 흔들렸다.
 콰과과과광!
 그곳에 어마어마한 폭음과 불기둥이 치솟아 오른 것이다. 화염에서 흘러나오는 검은 연기는 붉은 하늘을 더 빨리 어둠으로 몰고 가는 듯 보였다.
 퍼벙!
 폭음이 살가죽을 터트리고 있었다.
 "으아아악!"
 고통에 찬 신음으로 하늘을 향해 절규하고 있었다.
 화염이 을씨년스럽게 번지며 빌더 시내 서쪽 지구에 한 폭의 참혹한 지옥도가 펼쳐진 것이다.
 "크으! 도, 도대체 ……커헉! 무, 무슨 악감정이 있다고……!"
 무너지는 웰즐리 용병대 건물 앞에 웰즐리 용병대장이 불길에 그을리고, 피범벅이 된 처참한 모습으로 무릎이 꺾인 채 주저앉아 있었다.

그는 힘겹게 고개를 들어 절망과 분노가 뒤섞인 목소리를 피와 함께 토해냈다.

"똑똑히 보고 기억하라!"

나직했지만 차갑고 섬뜩한 사크스의 목소리가 마나의 힘에 실려 사방으로 쩌렁쩌렁 울려 퍼졌다.

"마탑에 반하면 그 누구든 오로지 처참한 죽음을 맞이하게 될 것이다!"

"크아아악!"

웰즐리 용병대장의 몸에 불길이 치솟아 올랐다.

마치 화형을 당하는 것처럼 불덩이는 그의 몸을 아주 조금씩, 야금야금 집어삼켰다.

그로 인해 불길 속에서 웰즐리 용병대장은 고통에 찬 몸짓으로 발버둥 치며 죽어갔다.

콰과과광!

또 한 번의 폭발이 일어났다.

콰르르르르—!

화염에 휩싸인 5층 건물이 웰즐리 용병대장의 죽음과 동시에 모래성처럼 무너져 내렸다.

제5장
대흑마법사의 귀환

대흑마법사의 귀환

마탑 내 새로이 지어진 7층의 대전.

푹신한 태사의에 앉아 있는 이베른은 사크스의 간략한 보고를 듣고 오랜만에 흡족한 미소를 지었다.

"수고했구나."

그래서일까. 사크스를 비롯해 마이런과 카네티, 그리고 카뮈에게 건네는 이베른의 목소리는 한없이 자애로웠다.

"감사합니다, 스승님."

탑주들을 대신해 사크스가 허리를 깊게 숙였다.

"하지만 이 정도로 만족하지는 마라."

이베른이 엄한 목소리로 주의를 주었다.

"분명 용병들의 반발이 있을 것이다."

밖에 나가 보지 않았지만 이베른은 용병계의 분위기를 정확히 짚어냈다.

"인간들에게 가장 무서운 것이 무언지 아느냐?"

이베른은 몸을 앞으로 살짝 숙이며 은근한 목소리로 물었다.

"……"

"……"

사크스와 탑주들은 대답하지 못했다.

"그건 바로 오르지 못하는 절벽 위를 바라보는 것이다. 그리고 그 절벽이 주는 공포다."

이베른의 눈에 힘이 담겼다.

그 말에 사크스의 눈에서는 이채가, 탑주들의 눈에는 두려움이 담겼다.

"이제부터다. 하르센 대륙에 보여주는 것이다. 마탑의 분노가 얼마나 무서운지. 마이런."

이베른이 마이런을 불렀다.

"예, 마탑주님."

마이런은 이베른 앞으로 한 걸음 다가서서 고개를 숙였다.

"용병 마법사들 중 흑마법을 익힌 자들이 있다."

그것은 모두가 익히 알고 있는 사실이다.

"이제까지는 애교로 봐주었지만 앞으로는 절대로 안 된다.

흑마법을 익힌 모든 용병 마법사들을 찾아내 주살하라! 그리고 다른 자들에게 분명히 보여주고 느끼게 하라! 마탑 앞에선 숨도 쉬지 못하도록."

"명!"

마이런은 자신이 지목되었다는 것에 감동해 우렁찬 목소리로 복명했다.

마이런은 곧장 대전을 빠져나갔다.

"카뮈, 카네티."

마이런이 나가자마자 이베른은 남은 두 탑주를 불렀다.

"예, 마탑주님."

"하명하십시오."

"두 탑은 케이슨 용병기사단의 본거지를 찾는데 주력하라. 그리고 반드시 케이슨 용병기사단 소속의 밀러라는 흑마법사를 사로잡아라!"

잠시 말을 멈춘 이베른이 두 사람의 눈을 강하게 직시하며 말했다.

"놈은…… 모든 용병 마법사가 보는 앞에서 참수할 것이다."

싸늘한 목소리가 대전 구석구석으로 퍼졌다.

*   *   *

별채의 분위기는 한없이 무거웠다.

늑대왕 용병대원들의 장례도 치루기 전에 마탑의 손에 다시 용병들의 피가 뿌려진 것이다.

"이대로 있을 참입니까?"

제이든이었다.

분노를 이기지 못한 듯 그의 목소리는 떨리고 있었다.

"하지만 우리 힘만으로는 역부족이오."

철용이었다.

"일단 알랜 지부장을 통해 각 용병대에 서신을 보내놨으니 조금만 더 참아보자."

케이슨이 제이든의 어깨 위에 손을 얹었다.

"뭘 그리 고민해? 그냥 가서 확 부숴 버리면 될 것을."

한 걸음 물러나 있던 흑도의 목소리에는 살심이 풀풀 풍겼다.

"케이슨 대장과 흑풍부대주의 말이 옳다. 지금의 전력으로 못 싸울 것도 없지만 그러기에는 그에 못지않은 피해를 감수해야 할 것이야."

흑도를 달래는 흑권 역시 살기가 맴돌기는 매한가지였다.

그 역시 당장이라도 마탑으로 뛰어가고 싶은 마음일 터. 하지만 마음속으로 참을 인자를 새기고 또 새기며 힘겹게 참고 있을 뿐이었다.

"아저씨!"

분위기가 한층 무거워졌을 때 별채 문이 열리며 한스가 안으로 쪼르르 달려 들어왔다.

"이 녀석. 여기는 오지 말라고 하지 않았느냐?"

밀러가 한스를 품에 번쩍 안아들며 걱정스러운 목소리로 꾸중했다.

"그게 아니라……."

한스는 자그만 손으로 한 장의 서신을 밀러에게 내밀었다.

"알랜 지부장님이 보내오셨어요."

본거지를 기습당한 이후 알랜은 케이슨 용병기사단과 직접적인 접촉을 삼가하고 있었다. 그렇기에 아무것도 모르는 심부름꾼을 이용해 서신으로 서로의 소식과 의견을 주고받고 있었던 것이다.

"알랜 지부장이?"

다른 용병대에 대한 정보를 보내오기에는 시기적으로 너무도 빨랐기에 케이슨은 고개를 갸웃거렸다. 서신을 읽던 케이슨의 얼굴이 험악하게 구겨졌다.

"이런 미친 새끼들!"

케이슨은 그답지 않게 목소리가 매우 거칠었다.

알랜의 서신은 꽉 움켜쥔 그의 양손에서 구겨져 있었다.

"무슨 일이오?"

왕귀진이 알랜에게서 구겨진 서신을 넘겨받았다.

푸학!

한순간 왕귀진의 몸에서 살기가 내뻗쳤다.

"가이진 대주."

밀러가 급히 한스를 품에 안으며 마나를 일으켰다. 그의 살기로부터 한스를 보호하기 위함이었다.

"이런!"

자신의 실수를 깨달은 왕귀진은 서둘러 살기를 거둬들였고, 밀러는 한스를 재빨리 별채 밖으로 내보냈다. 심상치 않는 분위기 때문이었다.

"도대체 무슨 일입니까?"

"대주?"

아이작과 철용이 동시에 물었다.

"마탑이 흑마법사 사냥에 나섰다."

"흑마법사라고 하시면……."

"용병 마법사들이오."

왕귀진의 짧은 대답에 이어 케이슨이 부연 설명을 덧붙였다.

"지금 용병들의 거리에 또다시 무차별적으로 피가 뿌려지고 있다고 하오."

"히익!"

"이 찢어죽일 놈들!"

당연히 흑풍대와 케이슨 용병기사단원들은 그들의 잔혹함에 치를 떨었다.

늑대왕 용병대가 동료들의 장례를 치루고 다시 복수의 칼날을 갈며 대열을 정비하는 사이 마탑은 한 발 빠르게 빌더 시를 장악하며 공포에 떨게 만들어 버린 것이다.

"좀 더 힘을 모으고 싶지만……."

케이슨의 움켜쥔 주먹이 파르르 떨리고 있었다.

"더 이상 지체할 시간이 없소. 일단 우리의 힘만으로 막아야 할 것 같소."

이대로 계속 현 상황을 방치하면 용병들의 원한은 마탑에 대한 공포로 바뀌게 될 것이 불 보듯 뻔했다.

"대주, 일단 저희들을 따르는 용병대만이라도 모아 보겠습니다."

철용은 비교적 차분한 얼굴로 냉정함을 유지했다.

"일단 우리가 먼저 가겠다."

흑권이었다.

그가 일어서자 흑도, 흑검, 흑창이 함께 자리에서 일어났다.

"나도 가겠소."

밀러였다.

밀러의 힘과 실력이라면 큰 힘이 될 것이다. 흑권은 고개를 끄덕였다.

* * *

불타버린 저택.

그 앞에 서 있는 한 사내.

여행자 로브를 입고 있는 사내가 로브에 달린 후드를 벗었다.

이윽고 드러난 흑발에 흑안.

그는 바로 마현이었다.

불에 타 무너진 저택은 다름 아닌 흑풍대와 케이슨 용병기사단의 본부였다.

'마탑 네놈들이냐?'

마현의 눈에서는 살기가 스멀스멀 피어올랐다.

'내 욕심 때문에……'

마현은 왼쪽 가슴을 움켜잡았다.

기연이라면 일종의 기연이었다. 군신 아이벤과 사신 키디악과의 계약으로 목숨을 건진데다 더 나아가 8서클의 장벽에도 진입했다. 하지만 깨달음 없이 올라간 8서클은 온전한 8서클이 아니었다.

벨로에게 처절한 응징을 통해 원한에 대한 복수를 했지만 그 와중에 마현은 자신이 온전한 8서클이 아님을 깨달았다. 시기가 절묘해 벨로를 홀로 꾀어낼 수도 있었지만 앞으로도 계속 그렇게 되리란 보장은 없었다.

시간이 지나면 알게 되겠지만 이베른을 비롯한 마탑주들이 자신을 죽은 걸로 알고 있을 때 완벽하게 8서클로 올라가야 할 필요가 있었다.

그렇기에 바로 빌더 시로 오지 않고 몸을 잠시 숨기고 8개의 서클을 온전히 재구성한 것이다.

하지만 생각했던 것보다 시일이 더 걸렸다. 그리고 돌아와서 본 것은 이처럼 잿더미로 변해버린 케이슨 용병기사단 본부였던 것이다.

마현은 입술 안쪽을 슬며시 깨물었다.

주체할 수 없는 살기를 애써 억누르며 마현은 몸을 돌렸다.

아직은 분노할 때가 아니었다.

'바람 식당. 일단 그곳으로 가야겠다.'

바람 식당은 병을 앓던 제이든의 누이와 그의 홀어머니를 위해 마현과 케이슨 용병기사단이 차려준 식당이었다. 아울러 가족의 정을 느끼게 하기 위해 어린 한스를 맡겨 놓은 곳이기도 했다.

그렇기에 그곳의 존재는 흑풍대와 케이슨 용병기사단만 아는 곳이었다.

사람들의 이목을 피하기 위해 제이든도 거의 발걸음을 하지 않았으니 그곳만은 여전히 안전할 것이라 믿으며 마현은 몸을 돌렸다.

바람 식당으로 가기 위해 용병들의 거리로 들어선 마현은 주변 분위기가 심상치 않음을 바로 깨달았다.

거리 곳곳에서 확연하게 느껴지는 냉기와 분노, 그리고 살기.

'도대체 그 사이에 무슨 일이 있었던 것이냐!'

하지만 그 이유는 몇 걸음 채 걷지 않고도 알게 되었다.

용병들의 거리 중앙에 살벌한 기운을 풀풀 풍기며 걸어오는 한 무리의 마법사들이 눈에 들어왔던 것이다. 그들이 용병들의 거리에 나타나자 삭막하던 공기가 더욱 무겁게 가라앉았다.

'……?'

그들이 입은 로브의 왼쪽 가슴에 붙어 있는 것은 마현도 처음 보는 문양이었다.

붉은 오망성.

오망성은 백마법사를 상징하는 문양이지 마탑을 상징하는 문양이 아니었다.

책임자로 보이는 자가 고갯짓을 하자 한 무리의 마법사들이 흩어지며 주점, 식당 등을 가리지 않고 문을 밀고 들이닥쳤다.

"시팔, 정말 못 봐주겠군!"

그것을 바라보고 있던 근처에 있는 몇몇 용병들에게서 분노가 느껴졌다.

"이보쇼."

그중 용병 한 명이 마현에게 말을 걸었다.

"보아하니 용병 마법사 같은데, 여기 있다가 저놈들한테 험한 꼴 당하기 전에 어서 피하쇼. 내 남의 일 같지 않아 그러는 거요."

마현은 몸을 돌렸다.

"무슨 일인지 물어봐도 되겠소?"

"허어."

지금 빌더 시에서 일어나는 이 난리를 모르고 있다는 것이 용병들에게는 황당한 모양이었다.

"당신을 보니 초짜는 아닌 듯한데……, 어디 타국에 오래 머문 모양이오?"

그 말이 틀린 것도 아니기에 마현이 고개를 끄덕였다.

"……싸움터에서 언제 죽어나갈지 모르는 상황에서 흑마법 하나 둘쯤 익힌 게 그 무슨 대수라고. 마신이니 어쩌니 해도 그건 지들 이야기지, 말은 바르게 하라고 했다고, 사실 주신 아래 어둠의 신들이거늘."

용병 하나가 요 며칠 동안 있었던 일들을 마현에게 간략하게 설명해 주었다.

마탑에 의해 하르센 대륙에서 흑마법의 사용이 금기시되긴 했지만 용병 마법사들 중 상당수가 구명절초로 흑마법을 하나 둘쯤은 익히고 있었다. 그리고 이런 사실은 누구나 다 아는 공공연한 비밀이었다.

그런 배경에는 크게 두 가지의 이유가 있었다.

사실상 흑마법이 이 땅에서 사라졌다고는 하지만 힘겹게 명맥을 유지하는 후예들이 여전히 생존해 있다는 점이었다. 이들은 태생적 이유로 마탑의 마법사가 아닌 용병 마법사가 된

경우였다.

 두 번째로는 마법의 재능을 발견하고 마법사의 길을 걸었지만 선천적으로 빛의 마나보다 어둠의 마나에 적합한 이들이 적지 않다는 점이었다.

 그들 역시 빛의 마나를 사용하는 마탑에 소속될 수 없어 자연스럽게 용병 마법사가 되었고 흑마법을 계승해 오고 있는 것이다.

 흑마법의 명맥을 이은 은둔자들은 대부분 죽을 때까지 자신이 흑마법사임을 숨겼다. 그런 이유로 하르센 대륙에서 흑마법의 명맥이 거의 끊겼지만, 개중에는 실낱같은 명맥이라도 이어보고자 인연이 닿은 용병 마법사들에게 흑마법 한두 가지 정도를 전수하는 이들도 있었다.

 그런 이유로 용병 마법계에는 암암리에 흑마법이 지속적으로 전수되었고 시간이 점점 흐르자 널리 퍼지게 된 것이다.

 이런 사실을 놓고 봤을 때 밀러는 조금은 특이한 용병 마법사였던 셈이다.

 용병 마법사들이 흑마법을 익히고 있는 것을 마탑에서도 어느 정도 알고 있었지만, 과거에는 모른 척 그냥 눈을 감아주었다.

 물론 처음에는 그 사실에 적지 않게 긴장했지만 그 실상을 파악해 보고는 굳이 통제할 필요성을 못 느꼈던 것이다. 용병 마법계에서 통용되는 흑마법들은 대부분 저서클의 마법이었고 간혹 상당한 위력의 흑마법이 있다 치더라도 마탑에는 크게 위협이 되지 않는 것들이었기 때문이다.

그만큼 마탑은 철저하게 흑마법을 하르센 대륙에서 지운 것이다.

마탑의 입장에서는 대외적으로 흑마법이 사라졌음을 공표한 이유도 있거니와, 쥐도 구석까지 몰면 고양이를 문다고, 사사로운 일로 공연히 일을 키워 자존심을 구기고 싶지도 않았던 것이다.

그렇기에 흑마법을 완전히 말살시키기 위해 흑마법사 같지도 않은 용병 마법사들이 한두 가지 흑마법을 익힌 것을 알고도 묵과한 것이다.

그래봐야 온전한 어둠의 마나도 사용하지 못하는 잡다한 저 스클의 흑마법이었기 때문이다.

그런 상황에서 마탑이 칼을 빼어든 것이다.

천년의 통합 마탑 재건을 위한 발판을 마련하고자.

"헉헉헉!"

용병들의 설명이 끝날 무렵 한 용병 마법사가 부상을 입은 채 마현 쪽으로 도망쳐 오고 있었다. 그는 마탑 마법사들의 손에서 벗어나기 위해 필사적이었다.

그 뒤로 마탑 마법사들이 살기를 풀풀 풍기며 뒤따라오고 있었다.

"파이어 프레임!"

화르르륵!

용병들의 거리에서 갑자기 화염이 치솟아 올랐다. 그 화염은 도망치는 용병 마법사의 등을 노렸다.

죽음을 예감했기 때문인지 용병 마법사가 달리기를 멈추고 눈을 질끈 감았다.

순간 마현은 몸을 날려 용병 마법사의 팔을 잡아당겨 자신의 등 뒤로 숨기며 실드를 쳤다.

콰과과과광!

실드 위로 화염이 치솟아 올랐다.

"괜찮소?"

마현의 물음에 용병 마법사가 놀란 얼굴로 눈을 떴다.

"괘, 괜찮……."

그의 대답이 끝나기도 전에 마탑 마법사들이 마현과 쫓고 있던 용병 마법사를 촘촘히 에워쌌다.

"네놈은 누구냐!"

무리 앞으로 나선 이는 태양의 탑주 마이런이었다.

"분명 흑마법사일 것입니다. 그렇지 않고서야……."

그 옆에 있던 한 마탑 마법사가 소리쳤다.

'태양, 스피네타 마탑의 부탑주이건만…….'

마현의 눈이 마이런의 가슴언저리를 더듬었다.

거기에는 붉은 수실로 새겨진 오망성이 붙어 있었다.

그러고 보니 용병들의 설명 중 마현은 자신의 주된 관심사인 마탑의 근황에 대한 이야기를 듣지 못했다.

하지만 상관없다고 생각했다.

어차피 궁금한 것은 자신의 등 뒤에 몸을 숨긴 용병 마법사를 통해서 들으면 될 테니까. 그도 아니면 곧 찾아갈 용병 길드의 알랜을 통해서 들어도 된다.

"대답을 못하는 것을 보니 네놈도 흑마법사……."

말을 하던 마이런의 안색이 서서히 창백해져갔다.

마현의 흑발과 흑안이 마이런의 눈에 가득 들어왔다. 그 즉시 마이런이 머릿속에 떠오르는 한 인물이 있었다.

'헉, 저자는 대흑마법사 카칸의 인상착의와 완벽하게 일치하고 있지 않은가!'

그런 그의 모습에 마현은 차갑게 입술을 비틀었다.

"비, 비상이다!"

마이런은 급히 소리치며 품에서 원통 모양의 폭죽을 꺼내들었다. 이내 원통에서 폭죽이 터졌다.

피이—

붉은 불꽃이 하늘로 솟아오를 때였다.

마현의 검지에서 강기가 튕겨져 나갔다.

피식!

붉은 폭죽은 얼마 올라가지도 못하고 사그라졌다.

"뒤로 물러나 있으시오."

마현은 앞으로 한 걸음 내딛으며 몸을 숨겨줬던 용병 마법사에게 멀찌감치 물러날 것을 요구했다. 당연히 용병 마법사는 고개를 끄덕이며 뒤로 물러났다.

"카칸이 모습을 드러냈다. 어서 이 사실을 마탑주께 알려라! 어서!"

카칸이라는 이름이 마이런의 입에서 흘러나오자 마탑 마법사들의 얼굴이 파리해졌다.

"어서!"

마이런의 명이 떨어지자 근 오십 명에 달아하는 마탑 마법사들이 빠르게 사방으로 흩어졌다.

그때였다.

마현의 눈썹이 꿈틀거렸다.

상당한 마나의 파장을 느낀 것이다. 자신도 쉽게 생각할 수 없을 정도로 강력한 마나였다.

긴장감이 극에 달할 때였다.

'이베른인가? 아니면 다른 마탑주? 아니다!'

검은 빛이 번쩍이며 한 장년 사내가 용병들의 거리에 모습을 드러냈다. 익숙한 어둠의 마나를 뿌리는 장년의 사내, 그는 바로 밀러였다.

"낄낄낄!"

밀러는 광기가 섞인 웃음을 터트리며 어둠의 마나를 끌어올렸다.

"내 손에서 도망을 갈 수 있을 거 같으냐? 크레이지 마그마

(Crazy magma)!"

쑤앙 쑤앙 쑤아앙!

몇 줄기의 어두운 불덩이가 밀러의 손 위에서 폭죽처럼 터졌다. 그 불덩이들은 길을 잃은 폭죽처럼 구불거리며 당황한 얼굴로 내달리고 있는 마탑 마법사들을 덮쳤다.

콰광 콰과광!

용병들의 거리 곳곳에 불길이 일었다.

"으아아악!"

"사, 사람 살려!"

하지만 밀러의 마법으로 사방으로 흩어지는 마탑 마법사들을 모두 죽이지는 못했다.

간신히 밀러의 공격 마법을 피해 달아나는 그들 앞에 하나의 검은 그림자가 허공에서 뚝 떨어졌다.

서걱!

그 그림자는 마현과 반대쪽으로 달려 나가던 한 마탑 마법사의 몸을 그대로 양단했다.

푸학!

허공에 피가 뿌려졌다.

단칼에 양단된 마탑 마법사가 고통을 느낄 사이도 없을 정도로 한순간 이뤄진 것이다.

허공으로 비산하는 피 분무 사이로 모습을 드러낸 이는 바로 흑검이었다.

마현과 흑검이 눈이 마주쳤다.

"주군!"

기쁘면서도 놀란 그의 목소리가 용병들의 거리에 쩌렁쩌렁 울려 퍼졌다.

*   *   *

"꼬리를 잡았습니다."

부탑주의 보고에 카뮈의 입가에는 차가운 미소가 번졌다.

"어딘가?"

"용병 길드에서 멀지 않은 곳에 위치한 식당입니다."

"식당?"

카뮈는 의외라는 표정을 지어 보였다.

"지금 그 식당에 늑대왕 용병대가 집결했습니다. 현 상황을 미뤄 짐작을 해보면 아마도 마이런 탑주께서 나가 있는 용병들의 거리로 가려는 듯합니다."

"지렁이도 밟으면 꿈틀거린다는 건가?"

카뮈는 조롱기 담긴 웃음을 입가에 그렸다.

"어차피 크게 상관없는 일이지."

"어떻게 할까요, 탑주님."

부탑주의 말에 카뮈는 잠시 고민에 빠졌다.

조화, 스플린 탑 단독으로 일을 처리하고 싶은 마음이야 굴

똑같지만 다시 한 번 전과 같은 일을 저지른다면 분명 이베른은 자신을 가차 없이 내칠 것이 분명했다.
"카네티 탑주에게 보고를 넣게. 바로 준비하라고."
"알겠습니다, 탑주님!"
부탑주가 나가고 카뮈는 뭔가 생각이 난 듯 밖으로 나갔다. 그가 찾아간 이는 다름 아닌 사크스였다.

* * *

"주군, 살아계셨습니까?"
감격에 겨워 흑권의 목소리는 가늘게 떨리고 있었다.
"주군, 주군! 우어엉!"
흑도는 마치 아이처럼 눈물을 보였다.
척!
흑창은 조용히 창을 바닥에 찍으며 허리를 깊게 숙였다. 아무 말 없는 흑창이었지만 그의 눈가에는 자그만 물방울이 살짝 맺혀 있었다.
그들이 해후의 기쁨에 젖어 있을 때, 잠시라도 틈이 생겼다고 판단한 것인지 마이런은 조용히 끌어올렸던 마나를 일제히 폭출시켰다.
"마그마볼!"
푸앙!

마이런의 양손에서 파이어볼과는 비교할 수 없을 정도로 강력한 용암 같은 불덩이가 쏘아져나갔다.

"자세한 이야기는 잠시 미루지."

마현은 자신을 향해 날아오는 불덩이, 마그마볼을 느긋한 모습으로 쳐다보았다. 이미 마이런의 몸 속, 심장 부근에서 끓어오르는 마나를 느끼고 있었다.

마현은 마그마볼을 손등으로 빠르게 후려쳤다.

강제로 꺾인 마그마볼은 마치 태양이라도 되려는 듯 허공으로 높이 날아올라가며 사라졌다.

하지만 마그마볼이 완벽하게 마현의 얼굴을 덮쳤다고 판단한 마이런은 그 순간 허공으로 블링크 마법을 이용해 뛰어올랐다. 비록 곧 자신을 발견하겠지만 그 정도의 시간이면 충분히 이 자리에서 벗어날 수 있을 거라 판단한 것이다.

하지만 그것은 완벽한 오판이었다.

마현은 둘째 치고 밀러가 마이런에게서 시선을 떼지 않고 있었기 때문이다.

"낄낄낄."

밀러는 마이런이 모습을 드러낸 바로 앞으로 그와 같은 블링크 마법으로 다가섰다.

"나 이런 거 해보고 싶었어!"

밀러의 광기에 젖은 눈동자를 보자 마이런의 심장은 철렁 내려앉았다.

하지만 그런 것들은 이미 안중에도 없는 밀러였다.

밀러는 허공에서 몸을 날려 마이런의 몸을 끌어안았다.

"히극!"

공격 마법을 할 거라는 예상을 뒤엎고 밀러가 자신의 몸을 끌어안자 마이런은 어떻게 해볼 생각도 하지 못했다.

쿵!

그로 인해 밀러와 마이런은 서로 부둥켜안은 채 마현 앞으로 뚝 떨어졌다.

"큭!"

적지 않은 충격에 마이런의 입에서 고통에 찬 신음이 새어나왔다.

밀러는 한순간 마이런의 배를 깔고 앉으며 주먹을 들어올렸다.

"우히히히히!"

그리고는 광기에 젖은 웃음을 내보이며 마이런의 얼굴을 향해 주먹을 내리꽂았다.

퍽!

"컥!"

마이런의 입술이 터졌다.

하지만 그게 끝이 아니었다.

밀러는 무지막지하게 마이런의 얼굴을 주먹으로 내려쳤다.

곧 마이런의 얼굴은 피범벅이 되었다.

계속 이대로 있다간 맞아 죽을 거라고 느낀 것일까. 마이런은 손을 뻗어 밀러의 머리카락을 악착같이 움켜잡았다.

"아아악!"

마이런이 머리카락을 마구 잡아당기자 밀러는 비명을 질렀다. 마이런은 그 틈을 타 자신의 배 위에 올라탄 밀러를 옆으로 밀어내며 밀리의 몸 위로 올라갔다.

하지만 밀러는 이에 질세라 한 손을 뻗어 마이런의 머리카락을 강하게 움켜잡았다. 그리고는 다른 한 손으로 그의 귀를 잡아당겼다.

"아악!"

밀러는 고통에 찬 신음을 흘렸고, 마이런은 머리카락을 잡고 있던 한 손을 놓으며 밀러의 얼굴에 주먹을 날렸다.

퍽!

마이런의 주먹이 보기 좋게 밀러의 코에 적중했다.

그로 인해 밀러의 코에서는 쌍코피가 터졌다.

"너 이 새끼, 죽여 버리겠어!"

밀러는 씩씩거리며 마이런의 얼굴을 향해 주먹을 마구 날렸고, 이에 질세라 마이런도 밀러의 얼굴을 향해 주먹을 날렸다.

뒤엉켜 바닥을 뒹굴며 서로의 얼굴을 향해 주먹을 날리고, 그러다 밀린다 싶으면 머리카락을 잡고 늘어지는 싸움이 계속됐다.

"이거 완전 개싸움이군."

마현이 눈살을 찌푸렸다.

누가 보면 망령든 두 늙은이가 주책없이 서로 치고받는다고 생각할 정도였다. 누가 이들을 마법계를 좌지우지하는 마탑 탑주와 6서클의 흑마법사라고 볼 수 있겠는가 말이다.

"뜨, 뜯어말려야겠지요?"

흑권이 황당한 표정을 지으며 물었다.

"글세……"

마현도 묘한 표정을 지었다.

흑창도 그러했고, 심지어는 도망가려던 마탑 마법사들도 그저 얼빠진 모습으로 바닥에 뒤엉켜 개싸움을 하고 있는 마이런과 밀러를 쳐다보고 있었다.

하지만 단 한 명은 예외였다.

"좋다! 좋아! 죽여! 패버려! 밀러, 주먹을 날려야지! 남자는 끈기! 한 대 맞으면 두 대 때린다고 생각하고 주먹을 날려! 그래! 좋다!"

흑도만이 신이 난 얼굴로 그 옆에서 침을 튀기며 고래고래 응원을 하고 있었다.

퍼억!

흑도의 응원에 힘을 받았을까.

밀러의 주먹이 궤적을 그리며 마이런의 턱을 후려쳤다. 그 충격에 마이런의 몸이 휘청거리더니 그대로 바닥으로 쓰러져 버렸다. 마이런은 정신은 말짱하지만 뇌가 흔들려서인지 좀처럼 균형을 잡지 못하고 허우적거렸다.

"관자놀이를 노려! 귀 옆에!"

흑도의 응원에 밀러는 주먹을 크게 들어올렸다.

퍽!

밀러는 흑도가 말한 관자놀이에 정확하게 주먹을 꽂았다.

"컥!"

마이런은 짧은 비명과 함께 몸이 축 늘어졌다.

"우히히히히히!"

밀러는 코피로 범벅이 된 얼굴을 살짝 치켜들더니 하얀 이빨을 드러냈다. 그리고는 기절한 마이런의 가슴에 한 발을 올리고 양손을 치켜든 채 승자의 웃음을 터트렸다.

* * *

용병 길드 본부 앞 번화가에서 용병들의 거리로 이어진 대로.

그곳에 사크스를 비롯해 카뮈와 카네티가 각기 마탑의 마법사들을 이끌고 모습을 드러냈다.

"예상대로 이곳으로 향하고 있습니다. 다만 척후의 보고에 의하면 이곳으로 향하는 도중 곳곳에서 몇몇 용병대가 합류하고 있다고 합니다."

"그깟 용병대는 큰 문제가 아닙니다. 문제는 십좌왕이라고 일컬어지는 놈들이지요. 그리고 케이슨 용병기사단 역시 매한 가지구요."

"그럴 줄 알고 마탑 무고에 있는 공격 마법 스크롤을 준비했습니다."

"마법 스크롤을?"

사크스의 미간에 골이 깊게 파였다.

"일단 마법 스크롤을 이용해 용병들의 거리로 들어서는 대로에 트랩을 깔아 1차적 피해를 주는 동시에 안전거리를 만든다면 놈들을 괴멸시킬 승산이 충분히 있을 것입니다."

제아무리 자신과 두 탑주, 그리고 삼백여 명의 마탑 마법사들이 나섰다고 해도 10여 명의 소드마스터들은 아무래도 부담스러웠다.

"때마침 케이슨 용병기사단의 흑마법사 밀러의 모습도 보이지 않는다고 하니 반드시 전멸시킬 수 있을 것입니다."

무단으로 마법 스크롤을 가져온 것이 마음에 걸렸지만 카뮈의 말을 들어보니 일리가 있는 정도가 아니었다. 만약 카뮈의 작전대로만 이뤄진다면 미미한 피해조차 없지 않고 완벽한 승리를 거머쥘 수 있을 것이 분명했다.

"후에 마탑주 자리에 오르실 때를 대비하여 이 정도 무용담 하나쯤은 있어도 나쁘지 않을 것 같습니다."

마탑주란 말에 사크스의 얼굴이 봄날의 바람처럼 부드럽게 풀어졌다.

"마법 스크롤을 무단으로 방출한 죄는 제가 나중에 달게 받겠습니다."

"큼!"

하지만 드러내놓고 마음에 들어 하는 표정을 지을 수는 없는지라 사크스는 멋쩍은 기침을 내뱉었다.

비록 이베른에게 사전 허락을 받지 못했지만 반마탑의 상징인 십좌왕과 케이슨 용병기사단을 처리하는 일의 전권은 자신이 가지고 있었다. 그러니 그들을 성공적으로 괴멸시킨다면 그다지 큰 문제가 되지는 않을 것이다.

어차피 마법 스크롤이야 대장장이, 샤토 탑을 쥐어짜면 얼마든지 다시 채워 넣을 수 있으니까.

'저, 저놈이?'

그 모습에 카네티의 눈에 쌍심지가 켜졌다.

카뮈의 모습에 이제껏 자신이 놓쳤던, 아니 마이런까지 놓쳤던 사실이 떠올랐다.

사크스는 마탑의 공공연한 유일한 후계자.

즉, 차기 마탑주라는 사실이다.

이베른이 아직까진 정정하지만 늙은 그가 언제까지 마탑주 자리를 지키고 있겠는가. 정확히 언제라고 단정할 수는 없어도 머지않아 마탑은 사크스의 것이 된다.

카뮈는 이베른이 아닌 사크스에게 자신의 미래를 건 것이다.

그런 점이 사크스도 싫지 않은 모양인지 카뮈를 대하는 태도에서 상당한 호감이 묻어나오고 있었다.

"카네티 탑주."

카네티가 잔뜩 얼굴을 찌푸리고 있을 때 사크스가 그를 불렀다.

"하명하십시오, 부마탑주님."

"카뮈 탑주를 도와 대로에 마법 트랩을 까세요."

카네티의 눈썹이 미약하게 꿈틀거렸다.

"아닙니다, 부마탑주님. 이미 구상한 트랩이 있으니 저희 탑이면 족합니다."

"아, 그러십니까?"

"예, 부마탑주님."

"흠……, 그럼 카네티 탑주는 바다, 샤메일 탑의 제자들을 이끌고 골목골목에 빈틈없이 포위망을 짜세요."

카뮈는 득의양양한 미소를 카네티에게 지어 보였다.

아니나 다를까.

이 모든 작전이 카뮈를 중심으로 돌아가고 있었다.

이 일이 성공한다면 모든 공은 카뮈에게로 돌아갈 것이다. 즉, 그 말은 자신은 이 일에 들러리 그 이상도, 그 이하도 아니라는 것이다.

하지만 그렇다고 사크스의 명에 반기를 들 수도 없는 노릇이었다.

카네티는 입술을 깨물었다.

늦었지만 지금부터라도 사크스의 마음에 들기 위해 노력해야하기 때문이다.

카네티는 카뮈의 득의에 찬 미소를 보며 소매 속에서 손을 억세게 말아 쥐었다.

"……명을 받들겠습니다."

카네티는 애써 분노를 삼키며 몸을 돌렸다.

"뭣들 하나? 당장 이 주변을 완벽히 포위한다."

"명!"

"명!"

카네티의 명에 바다, 샤메일 탑의 마법사들이 빠르게 대로에 인접한 골목으로 흩어졌다.

그와 동시에 조화, 스플린 탑의 제자들은 여러 장의 마법 스크롤을 꺼내 대로 중앙에 마법진과 함께 트랩을 바삐 깔기 시작했다.

* * *

"이제 더 이상 결정을 미룰 수 없습니다, 마탑주님."

케이디의 보고에 게오르게의 눈이 질끈 감겼다.

죽은 줄 알았던 카칸의 등장.

그리고 마탑의 심상치 않은 움직임.

"확실한가?"

"확실합니다. 분명 카칸이었습니다."

케이디는 확신에 찬 목소리로 대답했다.

"흠……."

게오르게는 고심에 찬 침음성을 삼켰다.

자신의 결정은 수백에 이르는 대장장이, 샤토 마탑의 마법사들의 운명을 좌우하게 된다. 그렇기에 게오르게는 쉽사리 결정을 내리지 못하고 있는 것이다.

"어차피 어두운 미래보다야 불확실하지만 밝은 미래가 더 좋겠지?"

게오르게의 말에 케이디의 얼굴이 굳어졌다.

"불만인가?"

게오르게의 질문에 케이디는 고개를 저었다.

"다만 그 미래를 위해 희생당한 제자를 생각하니 가슴이 아파서 그렇습니다."

"그렇군."

케이디는 고개를 끄덕이는 게오르게를 보며 자리에서 일어났다.

"3서클 이상의 모든 제자들을 마법 스크롤로 무장시켜 집결시키겠습니다."

"우리는 사크스와 조화의 스플린, 바다의 샤메일, 그들의 등을 친다. 적어도 그 정도 선물은 들고 가야겠지."

"저도 같은 생각입니다."
"케이디, 그대가 직접 맡아."
"……?"
"나는 카칸을 만나러 가겠네."
게오르게가 자리에서 일어났다.
"그리하겠습니다."
게오르게는 케이디 곁으로 다가가 그의 어깨에 손을 올리고 눈을 직시했다.

반격의 서막

 용병들의 거리로 향하는 시간이 예정보다 많이 지체됐다. 흑풍대를 따르는 몇몇 소수 용병대원들이 계속 합류해 왔기 때문이다.

 왕귀진이 굳은 얼굴로 소리쳤다.

 "서둘러라!"

 흑사신과 밀러의 힘을 믿지만 아무래도 상대가 마탑이다 보니 안심할 수만은 없었던 것이다.

 마차 몇 대는 한꺼번에 오갈 수 있는 대로에서 십(十)자 형태로 갈라지며 폭이 조금씩 좁아지는 길. 그곳이 바로 용병들의 거리로 들어서는 초입이었다.

아니나 다를까.

평소라면 인파로 북적거려야 할 용병들의 거리에는 오가는 사람이 한 명도 보이지 않았다.

마치 유령마을을 보는 듯 거리에는 적막감이 짙게 내려앉아 있었다.

저벅 저벅 저벅!

케이슨 용병기사단을 필두로 흑풍대와 그를 따르는 이백여 명의 용병대원들이 용병들의 거리로 들어섰다.

'이상하다!'

아무리 용병들의 거리에서 사단이 벌어졌다 해도 이렇게 개미새끼 한 마리 보이지 않을 정도로 아무런 기척이 없다는 게 의구심을 자아냈다.

왕귀진은 서둘러 앞으로 나가며 손을 들어올렸다.

그의 수신호에 이백여 명의 용병들이 일사분란하게 걸음을 멈췄다.

그제야 이상함을 느낀 케이슨과 아이작이 왕귀진 곁으로 다가왔다.

"이상하오. 아무리 마탑 마법사들의 횡포에 사람들이 숨을 죽이고 꽁꽁 숨었다고는 하나 이렇게까지 아무런 기척이 느껴지지 않는다는 건 우리가 모르는 어떤 심각한 위기 상황이 있다는 것이오."

기감을 일으켜 주위를 살펴보아도 아무것도 느낄 수가 없었다. 마치 황량한 모래사막 한가운데 뚝 떨어진 것 같았다.

왕귀진은 마현이 자신의 몸에 새겨놓은 마법 능력 중 하나인 투시 마법을 일으켰다. 묵빛 마나가 문신으로 새겨진 마법진을 거쳐 그의 눈으로 스며들었다.

투시 마법이 펼쳐지자 선명한 건물들이 마치 흑백처럼 바뀌었다. 곧 사물의 형태가 굵은 선처럼 변하며 점점 투명해져갔다.

'이런 찢어죽일 놈들!'

왕귀진의 눈매가 일그러졌다.

건물 곳곳에 죽어 있는 죄 없는 평민들과 용병들의 시체가 즐비했다.

대로 주변 건물들 안에 살아 있는 이는 아무도 없었다.

분노하기는 다른 흑풍대원들도 매한가지였다.

하지만 여기서 감정에 휘둘려서는 안 된다는 것을 그들은 잘 알고 있었다.

왕귀진은 솟구치는 살기를 애써 가라앉히며 빠르게 주변을 살폈다. 그런 왕귀진의 눈에 골목 곳곳에 몸을 숨기고 있는 마탑 마법사들의 모습이 포착됐다.

'하이드 마나 포스 마법인가?'

억울하게 죽임을 당한 이들을 애써 머릿속에서 지우며 왕귀진은 냉정하게 상황을 판단해나갔다. 마현을 통해 얻은 마법 지식들 중 하나인 하이드 마나 포스 마법이 떠올랐다. 마법사들은 그 마법을 이용해 기적을 숨기고 있는 것이 분명했다.

그때 상황판단을 끝내고 막 투시 마법을 거두려는 왕귀진의 어깨를 검세옥이 살짝 건드렸다.

왕귀진이 검세옥을 바라보자 그는 자신들이 서 있는 곳에서 대략 10미터가량 떨어진 대로 바닥을 턱짓으로 가리켰다. 왕귀진을 비롯해 흑풍대가 그 대로 아래를 좀 더 유심히 살폈다. 그곳에는 눈에 보이지 않게, 바닥에 묻혀 있는 마법 스크롤 수십 장이 눈에 들어왔다.

규칙적으로 깔려 있는 것을 보면 그 스크롤을 이용해 마법진을 설치해 놓은 것 같았다.

현재로선 밀러가 없기에 그것이 어떤 마법진인지 확인하는 건 어려웠다. 함께 온 용병대원들 중에도 용병 마법사들이 있긴 하지만 저서클인 그들의 능력으로는 그 마법진을 알아내는 것은 불가능했다.

"무슨 일이오?"

왕귀진은 손짓으로 각 용병대장들을 불렀다.

『바닥에 함정을 깔아놓은 것 같소.』

그리고는 그들에게 전음으로 자신이 본 사실들을 전했다.

왕귀진의 전음에 모두의 얼굴이 창백해졌다.

그것도 모르고 이 길에 들어섰다면 아마 전멸을 면치 못했을 거라는 사실에 등이 서늘해질 정도로 식은땀이 주르르 흘러내린 것이다.

『각 용병대장들은 대원들을 뒤로 물리도록. 그리고 곧 벌어질 전투에 대비하라.』

왕귀진의 명에 용병대장들은 조용히 뒤로 물러나 각 대원들을 뒤로 물러나게 했다.

『마법 트랩은 나와 부대주가 맡는다.』

왕귀진의 명에 흑풍대는 조용히 고개를 끄덕였다.

『흑풍대는 좌측, 케이슨 용병기사단은 우측을 부탁하오.』

왕귀진은 우측 건물과 골목길 사이사이에 기척을 감추고 숨어 있는 마탑 마법사들의 위치를 소상하게 전달했다.

『작전 시작은 우리가 트랩을 무너트리는 바로 그 순간이오.』

왕귀진의 말에 케이슨과 아이작은 긴장된 눈으로 고개를 끄덕였다.

스르릉!

모든 준비가 끝나자 왕귀진은 롱소드를 뽑아들었다.

서걱 서거걱!

철용은 왕귀진을 따라 롱소드를 이용해 대로 위에 깔린 장판석을 잘랐다. 그리고 그렇게 만들어진 십여 개의 자그만 암기를 양손에 나눠 들었다.

둘은 눈빛을 교환한 후 트랩이 설치된 대로를 향해 몸을 날렸다.

파밧!

왕귀진은 우측, 철용은 좌측 건물의 벽을 발로 밟으며 허공으로 몸을 띄웠다.

그리고 투시 마법을 이용해 바닥에 감춰진 마법 스크롤을 향해 강기를 담아 암기를 내쏘았다.

핑—

십여 개의 암기가 빛살처럼 빠르게 대로 위에 떨어졌다.

파박 파바박!

그로 인해 대로에 깔린 장판석들이 부서지며 그 파편이 사방으로 튀어 올랐다.

그리고 곧 대로에서 용암이 분출되듯 어마어마한 폭발이 일어났다.

콰과과과광!

하지만 그것이 끝이 아니었다.

폭발이 일어난 대로 주위에 불로 만들어진 거대한 장벽들이 솟아올랐고, 칼날보다 더 예리한 모래창이 바닥에서 촘촘히 솟아올랐다. 거기다가 바람으로 만들어진 칼날들이 그 주변을 휘몰아치며 지나갔다.

"큭!"

그 기세가 얼마나 엄청난지 허공에 떠 있던 왕귀진과 철용마저 적지 않은 충격에 휩싸일 정도였다.

"쳐라!"

그 순간 케이슨의 명이 떨어지자 케이슨 용병기사단은 각자

맡아야 할 마법사들이 숨어 있는 곳으로 빠르게 몸을 날렸다. 그와 동시에 흑풍대 역시 숨어 있는 마탑 마법사들을 향해 쏘아나갔다.

"마법사들이 모습을 드러내면 우리는 2진에 위치한 하위 마법사들을 노린다!"

아그논의 명에 그 누구도 토를 달지 않았다.

흑풍대를 선망하고, 마탑에 반기를 들고 이 자리에 왔지만 그전에 그들은 용병들이었고, 용병들이 처절한 싸움터에서 살아남는 수칙을 잊지 않고 있었다.

용병들이 살아남는 수칙은 다른 게 아니다.

자신이 할 수 있는 만큼만 하는 것!

바로 그것이었다.

그런 측면에서 지금 아그논의 명은 적절했고, 용병들은 묵묵히 전면을 주시하고 있었다.

"으아아악!"

드디어 마탑 마법사의 비명이 여기저기에서 터져 나왔다.

마법사들이 골목 곳곳에서 속속 모습을 드러내고 있었다.

"늑대왕 용병대는 우측 골목길에 포진한 하위 마법사들을 맡는다. 가자!"

아그논은 흑풍대와 마법사들이 뒤엉킨 전장에는 쉽게 끼어들지 못하고 후방에서 마탑을 지원하는 마법사들을 발견하고는 곧장 그곳으로 향했다.

그것을 시작으로 용병대들은 저마다 자신들이 상대할 마법사들을 찾아 사방으로 흩어졌다.

"어, 어떻게 이런 일이……."

사크스는 용병들의 거리가 훤히 내려다보이는 3층 건물 옥상에 앉아 있다가 마법진에서 치솟아 오르는 불길을 보며 자리에서 벌떡 일어났다.

그 옆에 있던 카뮈도 예상과는 너무나도 다르게 흘러가는 이 상황에 어찌할 바를 모르고 그저 불길에 휩싸인 대로만 멍하니 내려다보고 있었다.

그때 왕귀진과 철용이 불기둥을 뚫고 몸을 날렸다.

철용은 왕귀진에 앞서 사크스와 카뮈가 있는 옥상으로 내려섰다. 그리고는 찰나의 머뭇거림도 없이 사크스의 심장을 향해 검을 찔러 들어갔다.

쐐애애액!

사크스는 순간 철용의 너무도 빠른 롱소드를 피할 수 없음을 느꼈다. 그래서인지 옆에 멍하니 서 있는 카뮈의 뒷덜미를 잡아 끌어당겼다.

푹!

철용의 롱소드는 사크스가 아닌 카뮈의 오른쪽 가슴을 찔렀다.

"컥!"

카뮈의 몸이 벼락이라도 맞은 것처럼 파르르 떨렸다.

사크스는 그런 카뮈를 철용에게 밀쳐내며 품에서 마법 스크롤을 뽑아들었다. 마법 스크롤을 알고 있는 철용은 순간 긴장하며 롱소드를 세워 자신의 몸을 보호했다.

마법 스크롤이 사크스의 손에서 찢어지려는 그때였다.

* * *

용병들의 거리는 점점 혼전으로 치닫고 있었다.

퍼벙 퍼버벙 퍼버버버벙!

마탑 마법사들은 저서클, 고서클을 구분하지 않고 2인 1조, 혹은 3인 1조로 한 조를 이루어 용병들을 향해 쳇바퀴를 돌듯 쉴 새 없이 공격 마법을 퍼부었다. 또한 위력은 강하지만 시간이 지체되는 고서클의 공격 마법보다는 비록 위력은 약하지만 빠르게 캐스팅할 수 있는 저서클 공격 마법으로 용병들의 진로를 차단했다.

그 같은 공격 마법을 상대하는 것은 소드마스터인 케이슨에게도 벅찰 정도였으니 흑풍대를 따르는 십좌왕 용병대 소속 용병들은 오죽하겠는가.

곳곳에서 폭음이 터졌고, 그 여파로 수많은 용병들이 피를 뿌리며 쓰러졌다.

'이대로 계속 가다간 너무나 큰 희생이 따른다.'

조금씩 마탑 마법사들과 거리를 좁혀가고 있었지만 용병들이 그 거리를 완전히 따라잡으려면 엄청난 희생이 뒤따를 것이 분명했다.

무슨 수를 써야 할 텐데 마땅한 방법이 떠오르지 않았다.

'할 수 없다. 무리를 해서라도 마탑 마법사들의 대열을 깨트리는 수밖에.'

케이슨은 이를 악물고 마탑 마법사들이 있는 곳으로 몸을 날렸다.

케이슨은 코앞까지 날아온 공격 마법을 힘겹게 피하고 그를 향해 또 다른 공격 마법을 막 시전하려는 한 마법사의 가슴을 벨 수 있었다.

"으아악!"

쓰러지는 저서클 마법사의 피를 온몸으로 받으며 케이슨은 앞으로 걸음을 내딛으려 했다.

콰그그극!

그런 그의 발아래서 모래 창이 불쑥 튀어나왔다.

"큭!"

날카로운 모래 창은 케이슨의 다리를 스치며 긴 상처를 남겼다. 케이슨은 휘청거리는 몸을 간신히 바로잡으며 입술을 꽉 깨물었다.

그런 케이슨의 등 뒤로 또 하나의 공격 마법이 날아왔다.

'젠장!'

케이슨은 바닥으로 몸을 뒹굴었다.

콰콰광!

불덩이가 아슬아슬하게 케이슨의 등을 스치며 건물 벽에 부딪혀 폭발을 일으켰다.

케이슨이 몸을 채 일으키기도 전에 또 다른 공격 마법이 숨 쉴 틈도 없이 다시 날아왔다.

'살을 주고 뼈를 취한다!'

케이슨은 자신을 향해 날아오는 파이어 에로우를 피하지 않고 몸을 날리려 했다.

그그그극!

그런데 그가 서 있는 바닥에서 갑자기 모래 장막이 튀어 올라왔다.

콰광!

그 장벽은 케이슨을 덮치던 파이어 에로우를 완벽하게 막아주었다.

"용병들을 보호하라!"

하늘에서 울려 퍼진 낯선 목소리.

케이슨은 급히 고개를 들어올렸다.

하늘에 떠 있는 수십 명의 마법사들이 눈에 들어왔다.

그들은 바로 대장장이, 샤토 마탑의 마법사들이었다. 그들은 일제히 품에서 마법 스크롤을 꺼내 찢었다.

촤아아악—

하늘에서 빛 무리가 쏟아져 내렸다.

그그그그극!

용병들의 거리에 무수한 모래 장막이 솟아올랐다.

어느새 용병들의 거리는 모래 장막으로 미로를 만들어놓은 것처럼 변했다. 그로 인해 마탑 마법사들과 용병들 사이에 완벽한 차단벽이 생겼다.

"네, 네놈들은?"

마탑 마법사 무리에서 경악성과 배신감에 물든 목소리가 터져 나왔다.

"공격하라!"

케이디는 대장장이, 샤토 마탑의 마법사들에게 공격 명령을 내리고는 사크스가 있는 옥상으로 고개를 돌렸다. 그리고는 그 곳으로 블링크 마법을 이용해 순간 이동했다.

트랩에 의해 하늘로 치솟은 불기둥 뒤편에 위치한 3층 건물. 그 옥상까지 순간 이동한 케이디는 사크스와 대치하고 있는 철용을 볼 수 있었다.

'저것은?'

사크스가 손에 들고 있는 마법 스크롤을 본 순간 케이디의 눈동자가 커졌다. 대장장이, 샤토 마탑에서도 몇 장 만들지 못한 고서클 공격 마법인 파이어 토네이도 마법이 새겨진 마법 스크롤이었다.

"파이어 에로우!"

케이디는 급히 불화살을 만들어 사크스의 손을 노리고 날렸다.

사크스는 마법 스크롤을 찢으려는 순간 왠지 모를 불길한 기운을 감지했다. 그는 급히 손을 품으로 끌어당겼다.

쑤아아앙!

케이디가 날린 파이어 에로우는 사크스의 손등을 살짝 지나 마법 스크롤 끝부분을 스치고 바닥에 내리꽂혔다.

화르르륵!

열기에 휩싸인 마법 스크롤은 순식간에 불에 휩싸이며 타버렸다.

운이 좋았다.

하지만 그것을 기뻐하기에는 이르다.

그사이 왕귀진이 사크스의 맞은편에 내려섰지만 곧장 사크스에게 달려가지 않고 고개를 들어 허공에 떠 있는 케이디를 쳐다보았다.

생각지도 못한 케이디의 등장에 철용과 사크스 사이에 잠시의 머뭇거림이 생겼다. 당연히 철용의 시선 역시 허공에 떠 있는 케이디에게 향해 있었다.

케이디를 등지고 있는 사크스는 자신을 공격한 것이 케이슨 용병기사단의 흑마법사 밀러라 여겼다.

"……!"

케이디의 등장으로 생긴 자그만 틈.

사크스는 그것이 그저 적들의 손발이 맞지 않아 생긴 틈이라 여겼고, 그렇게 만들어진 미세한 틈을 놓치지 않고 마나를 끌어올렸다.

"그렇게는 안 된다!"

케이디는 사크스가 끌어올린 마나의 파동을 느끼자 일갈을 터트리며 미리 준비하고 있던 마나로 재빨리 라이트닝 랜서를 시전했다.

파지지직!

불꽃을 튀기며 번개 창이 사크스의 머리를 향해 쏘아졌다.

"헉!"

사크스는 헛바람을 들이마시며 마나를 급히 돌려 실드를 쳤다.

촤자자자작—

사크스의 실드 위로 불꽃이 튀었다.

"히익!"

사크스는 빠르게 뒤로 물러나며 고개를 번쩍 들어올렸다. 조금 전 자신을 급습했던 번개 창의 마나에서는 어둠의 기운이 전혀 느껴지지 않았다는 게 이상했던 것이다. 그것은 분명 빛의 마나였다.

"너, 너는?"

케이디의 얼굴을 본 사크스의 눈은 화등잔처럼 크게 떠졌다. 하지만 케이디는 그런 사크스의 시선을 싸늘히 외면하며 왕귀진과 철용을 쳐다보았다.
"인사는 나중으로 미루겠소!"
케이디는 옥상으로 툭 떨어졌다.
그리고는 품에서 한 장의 마법 스크롤을 꺼내 들었다.
케이디는 마법 스크롤을 반으로 찢은 것과 동시에 두 조각이 된 스크롤을 양 손바닥에 쥐고 옥상 바닥을 짚었다.
지이이— 잉—!
눈을 부실 정도의 거대한 하얀 빛이 옥상을 집어삼켰다.
"컥!"
그 빛에 휩싸이자 사크스는 왼쪽 심장 언저리를 오른손으로 움켜잡으며 신음을 토했고, 휘청거리는 몸을 지탱하지 못하고 한쪽 무릎을 꿇었다.
그것은 마나동결 마법이었다.
그 기운은 왕귀진과 철용의 몸까지 뒤덮었고, 이내 둘은 케이디가 어떤 마법을 펼쳤는지 알아차렸다.
"나도 얼마 버티지 못하오. 어서!"
케이디는 급속하게 사그라지는 자신의 마나를 관조하며 소리쳤다.
왕귀진과 철용은 케이디가 누군지 모르나 일단 적이 아님을 알 수 있었다.
적의 적은 아군이라고 하지 않았던가.
철용은 고개를 끄덕이며 아직까지 숨이 끊어지지 않아 고통스럽게 꿈틀거리고 있는 카뮈를 옆으로 밀쳤다.

쐐애애액!

철용은 사크스의 목을 향해 롱소드를 휘둘렀다.

사크스가 죽음을 직감한 순간, 한 줄기 날카로운 파음이 철용의 롱소드를 덮쳤다.

"부마탑주님!"

점점 돌아가는 상황이 이상해지자 급히 와본 케네티가 손을 쓴 것이다. 그는 사크스를 살리기 위해 급히 아쿠아 랜서를 날렸다.

콰광!

철용의 롱소드가 아쿠아 랜서에 방향이 뒤틀리며 사크스의 몸을 비켜나갔다.

안도의 한숨을 내쉬던 케네티는 옥상 한구석에서 마나동결 마법을 펼치고 있는 케이디를 발견했다.

"네놈이 감히!"

플라이 마법으로 허공에 몸을 안착시킨 카네티는 분노를 이기지 못하고 케이디의 머리를 향해 더욱 강력한 공격 마법을 날렸다.

"차가운 설풍이 태양마저 얼려버리리라, 블라자드!"

쏴아아아아—

거대한 눈보라가 케이디를 덮쳤다.

'이럴 땐 내 목숨을 먼저 돌봐야 하나, 아니면 대장장이, 샤토 마탑 제자들의 밝은 미래를 생각해야 하나.

 그 순간 케이디의 머릿속에는 수많은 생각들이 교차했다.

 그는 결국 밝은 마탑의 미래를 위해 자신의 목숨을 내놓기로 마음을 먹었다.

 "어서!"

 케이디는 발악하듯 마지막 말을 쥐어짜내 소리친 후 눈을 질끈 감았다.

 그런 케이디 앞에 왕귀진이 섰다.

 "흐아압!"

 왕귀진은 일갈을 터트리며 롱소드를 번쩍 들어올렸다.

 후우우웅―

 롱소드의 검날에서 묵빛 검강이 모습을 드러냈다.

 쐐애애애― 지잉!

 마치 허공에 먹물로 이뤄진 공기방울이 부풀어 오르는 듯 반투명한 검막이 거대한 우산처럼 왕귀진과 그의 등 뒤에 있는 케이디를 보호했다.

 죽음을 예상했던 케이디는 이상함에 눈을 떴다.

 그리고 한없이 넓게 느껴지는 왕귀진의 등과 그 앞에 펼쳐진 보호막을 볼 수 있었다.

 "철용!"

 검막을 펼치며 왕귀진이 철용을 불렀다.

 철용이 고개를 끄덕이며 사크스의 목을 노리고 검을 휘두르려 할 때였다.

바닥에서 쓰러져 꿈틀거리던 카뮈가 갑자기 철용의 등에 올라타며 목을 꽉 물었다.

"컥!"

철용은 귀찮다는 듯 얼굴을 와락 찌푸렸다. 그 짧은 순간 허점이 드러났다.

케이디를 죽일 수 없다는 사실을 깨달은 카네티는 블리자드의 방향을 철용 쪽으로 바꿨다.

쏴아아—

철용은 급히 카뮈를 바닥으로 내동댕이치며 사크스를 향해 다시 롱소드를 들어 올렸지만 무섭게 날아오는 블리자드를 감지하자 무작정 휘두를 수 없었다. 눈앞의 위험이 먼저였기 때문이다.

철용은 하는 수 없이 롱소드를 들어 블리자드를 막으려 했다. 하지만 그건 오판이었다.

순간 블리자드는 부드러운 춘풍처럼 바뀌며 사크스의 몸을 휘감아 마나동결 마법이 펼쳐진 옥상 밖으로 끌어와 버린 것이다.

"부마탑주님!"

카네티는 허공으로 떠오른 사크스의 몸을 염력 마법으로 부드럽게 안았다.

"크윽!"

그 모습을 보자마자 케이디는 더 견디지 못하고 쓰러지고 말았다. 무리하게 마나동결 마법을 시전한 여파로 탈진하고만 것이다.

"젠장!"

왕귀진과 철용의 입에서 안타까운 침음이 터져 나왔을 때였다.

간신히 정신을 차린 사크스 앞으로 검은 그림자가 뚝 떨어져 내렸다.

"꺼억!"

그 그림자는 사크스의 목 줄기를 틀어쥐었다.

* * *

"차라리 나를 죽여라! 죽이란 말이다!"

마이런은 부서진 서클이 있는 가슴을 틀어쥔 채 절규했다.

"가라. 이베른에게로. 그리고 전해라, 내가 다시 왔다고."

마현은 오열하고 있는 마이런에게서 몸을 돌렸다.

"주군, 나머지 졸개들은 어떻게 할까요?"

흑권이었다.

대로 한 중앙에 70여 명의 마탑 마법사들이 오들오들 떨며 모여 있었다.

마현은 고개를 돌려 주변에 싸늘한 육신이 된 채 방치되어 있는 30여 명의 마탑 마법사들의 시신들을 내려다보았다.

"목숨만은 살려주시면 안 되겠습니까?"

그 소리에 마현이 고개를 돌렸다.

"알고 보면 그들도 불쌍한 이들입니다."

그리 멀지 않은 곳에 대장장이, 샤토 마탑을 상징하는 망치가 새겨진 로브를 입고 있는 한 사내가 서 있었다.

그는 바로 대장장이, 샤토 마탑주 게오르게였다.

"누구지?"

"대장장이, 샤토 마탑의 마탑주 자리를 맡고 있는 게오르게라고 합니다."

게오르게는 예의를 갖춰 허리를 깊게 숙였다.

그런 그를 바라보는 마현의 눈동자는 묘한 호기심으로 반짝였다.

대장장이, 샤토 마탑.

하르센 대륙으로 돌아와 마현이 가장 먼저 죽인 마탑주의 마탑이기도 했다.

체스와프 마탑주가 죽은 후 마탑의 허울만 유지한 채 다른 마탑의 하부 마탑으로 전락해가는 곳이었다.

다른 마탑주들의 꼭두각시가 되어 마탑주가 된 게오르게. 그런 그가 대장장이, 샤토 마탑을 통합 마탑의 소속이 아닌 하나의 독립된 마탑으로 소개한 것이다.

그 짧은 소개를 듣고 마현은 그가 무엇을 꿈꾸는지, 무엇을 하려고 하는지 간파했다.

"반란을 꿈꾸는군."

마현은 피식 웃음을 머금으며 시선을 게오르게에게서 흑권에게 옮겼다.

"모두 점혈로 마나를 사용할 수 없게 금제를 가하라."

게오르게의 말이 아니더라도 어차피 마탑 마법사들을 모두 죽일 생각은 없었다. 지금껏 너무 많은 피를 흘렸고, 굳이 장기판의 말 신세인 마탑의 마법사들까지 모두 죽여야 할 이유도 없었다.

마현의 명에 게오르게는 자신의 뜻이 조금이라도 전해졌다고 느꼈다. 그는 마현 앞으로 걸어가 조용히 무릎을 꿇었다.

"원하는 게 뭐지?"

"대장장이, 샤토 마탑의 자유를 찾아주십시오."

담담함을 유지하려고 했지만 게오르게의 목소리에는 절박함이 짙게 묻어 있었다.

"밑바닥을 제대로 경험한 모양이군."

냉랭한 말에 게오르게는 그저 마현의 발아래 더욱 낮게 몸을 낮출 뿐이었다.

그간의 사정이야 어찌되었든 마탑의 마탑주가 자신 앞에 무릎을 꿇는 것도 모자라 부복할 정도면 어떤 마음을 먹었는지 굳이 묻지 않아도 충분히 알 수 있었다.

"그래도 너무 뻔뻔하다고 생각하지 않나?"

이제껏 모든 것을 모른 척 외면하다가 뒤늦게 상황이 변하자 합류하려고 하는 기회적인 태도를 지적한 것이다.

마현의 질문에 게오르게는 입술을 깨물었다.

틀린 말이 아니기 때문이다.

그렇기에 마현의 질문이 더 아프게 그의 가슴을 후벼 판 것이다.

"힘없는 자들의 어쩔 수 없는 생존방식이라고…… 너그러이 봐주십시오."

게오르게는 더욱 깊게 몸을 낮췄다.

"좋아, 그리 해주면 내게 무얼 주겠나?"

"드릴 수 있는 건 ……제 목숨 하나뿐입니다."

결의에 찬 목소리.

게오르게의 모든 것이 마음에 들지는 않았지만 마지막 그 한 마디만큼은 마현의 마음에 들었다.

"좋아, 자유를 주지. 조건이 있다."

마현의 말에 게오르게는 고개를 번쩍 들어올렸다.

"마탑을 해체하라."

"……?"

게오르게의 눈동자가 요동쳤다.

생각지도 못한 조건이었다.

"나는 하르센 대륙에서 모든 마탑을 해체할 것이다. 권력을 탐하지 않는, 누구라도 평등하게 마법을 접할 수 있는 순수한 마법계를 만들 것이다."

 마현의 그런 생각은 과거 하르센 대륙에서 활동할 때와는 많이 바뀌어 있었다.

 특히나 마탑주들의 복수행에서 많은 것을 느꼈다.

 권력, 그 탐욕의 집요함과 무서움을 깨달은 것이다.

 그래서 애초에 생각했던 흑탑의 건립 계획을 완전히 생각에서 지웠다.

 물론 어딘가에 흑탑을 세운다면 누구에게도 좌우되지 않을 마법사들과 용병들만의 세상을 한동안 유지할 수는 있을 것이다. 하지만 사람의 마음은 한결같지 않다는 게 문제였다.

 마현 스스로도 권력에 잡아먹히지 않을 거라 자신 있게 장담할 수도 없다.

 흑탑을 만들면 하나의 기구가 될 것이고, 거기에서 권력이 파생될 것은 자명한 일이다. 흑탑을 만들어 권력에 욕심을 부리지 않고 아무리 공평하게 일을 처리한다 해도, 훗날 언젠가는 다른 이에게 흑탑주의 자리를 물려줘야 한다.

 그 후임이, 아니면 좀 더 세월이 흘러 그 후대의 흑탑주가 탐욕을 부린다면 지금과 같은 부조리한 상황을 만들지 않을 거라는 보장도 없다.

 그렇기에 마현은 모든 권력이 나오는 마탑 자체를 아예 없앨 생각이었다.

 "어차피 한 목숨 버렸습니다."

게오르게로서는 이미 이베른의 통합 마탑에 등을 돌렸기에 별다른 대안도 없었다.

장차 마현이 무얼 하고자 하는지 정확히 알 수는 없었지만, 그 윤곽을 어렴풋 짐작할 수 있었다. 비록 자신이 생각했던 미래와는 많이 달랐지만 마현의 말처럼만 이뤄진다면 대장장이, 샤토 마탑의 제자들의 미래가 지금처럼 암울하지만은 않을 듯했다.

"일어나라."

"……감사합니다."

게오르게가 자리에서 막 일어나려고 할 때였다.

콰과과과광!

게오르게 등 뒤쪽으로 폭발음과 함께 불기둥이 무섭게 치솟아 올랐다.

수 초 후.

콰르르르르!

그 폭발의 여파로 마현이 서 있는 대로와 주변 건물들이 가볍게 흔들렸다.

"통합 마탑의 사크스 부마탑주가 이끄는 마탑 마법사들이 십좌왕과 케이슨 용병기사단을 암습하고 있는 모양입니다."

"뭐, 뭐라?"

마현도 긴장시킬 정도로 강력한 마나의 파장이었기에 그의 목소리는 상당히 격앙되어 있었다.

케이슨 용병기사단과 흑풍대에는 마탑 마법사들을 상대할 마법사가 없다는 점이 마현을 더욱 불안하게 했다.

 그들을 믿지만 마탑 마법사들을 상대하려면 적지 않은 피해를 입을 게 분명했다.

 "서두르셔야 합니다. 일단 저희 마탑 제자들을 급히 보냈지만 통합 마탑 마법사들을 상대로 그리 오래 버티지는 못할 것입니다."

 "고맙다."

 "......?"

 마현의 감사에 어리둥절한 표정을 짓고 있는 게오르게의 눈앞에서 마현의 신형이 연기처럼 사라졌다.

 "낄낄낄."

 깜짝 놀라는 게오르게의 표정을 보며 밀러는 음침한 미소를 지었다.

 그리고는 그도 블링크 마법을 이용해 그 자리에서 모습을 감췄다.

 게오르게가 정신을 차렸을 때에는 그 자리에 그 말고는 아무도 없었다.

 단지 금제를 당해 땅바닥에 뒹굴며 신음하는 마탑의 마법사들 외에는. 게오르게가 서둘러 격전장으로 이동하려 할 때 힘겨운 표정으로 멀어져가는 마이런의 뒷모습이 보였다.

* * *

"부마탑주님, 당장 이곳을 빠져나가……."

염력 마법으로 빼낸 사크스를 카네티가 재빨리 부축하며 다급히 외칠 때, 한 사내가 뚝 떨어지듯 모습을 드러냈다. 그는 허공에서 자유롭게 몸을 움직여 사크스 앞으로 성큼 다가와 목을 틀어쥐었다.

"컥!"

그는 바로 마현이었다.

"주군!"

왕귀진과 철용은 마현의 등장에 두 눈을 화등잔처럼 크게 떴다. 죽었다고 믿었던 마현이 갑자기 나타나자 그들은 반가움에 말문이 막혔다.

"카, 카칸?"

카네티는 과거 먼발치에서 마현을 본 적이 있었다.

그렇기에 마현을 본 순간 머리가 하얗게 변했다. 그 다음 그의 머릿속에서 퍼뜩 떠오른 것은 오로지 살아야 한다는 생각뿐이었다. 그 생각은 곧바로 실행으로 이어졌다.

"빛의 힘으로 공간과 공간 사이를……."

카네티는 식은땀을 흘리며 텔레포테이션 마법을 캐스팅하기 시작했다.

그때 카네티의 눈과 마현의 눈이 마주쳤다.

카네티의 눈에 마현의 차가운 미소가 들어왔다.

지금 마현이 공격해 들어온다면 꼼짝없이 목숨을 내놓아야 할 판이었다. 하지만 카네티는 입이 바싹바싹 마르는 가운데에도 모든 힘을 쥐어짜 힘겹게 캐스팅을 맞췄다.

『전하라, 지금 간다고!』

마현의 싸늘한 전음이 카네티의 뇌리를 때렸다.

카네티의 몸이 부르르 떨렸다. 동시에 그의 몸 주위로 빛 무리가 피어올랐다.

"텔레포테이션!"

곧 밝은 빛 무리와 함께 카네티의 신형이 그 자리에서 사라졌다.

"훗!"

마현은 차가운 조소를 머금었다.

"주군. 왜 그자를……."

뒤늦게 전장에 도착한 흑권이 충분히 카네티를 죽일 수 있었음에도 불구하고 왜 놓아 주었느냐고 조심스럽게 물었다.

"너무나도 많은 피를 흘렸다."

마현은 피로 얼룩진 용병들의 거리를 내려다보며 쓸쓸한 표정을 지었다.

"컥컥!"

마현은 숨이 막혀 발버둥치는 사크스를 여전히 혈전을 벌이고 있는 용병들의 거리 한가운데로 내동댕이쳤다.

쾅!

사크스의 몸은 바닥에 떨어졌다가 다시 허공으로 1미터가량 튀어 올랐다.

"크악!"

그 충격으로 사크스의 입에서 비명과 함께 검은 피가 뿜어져 나왔다.

콰직!

마현은 그런 사크스의 가슴을 발로 밟아 함몰시켰다.

사크스의 눈이 부릅떠졌고, 이내 그의 몸은 차가운 바닥에 축 늘어졌다.

"싸움은 끝났다!"

마현의 목소리가 사방으로 쩌렁쩌렁 울려 퍼졌다.

"부, 부마탑주님!"

누군가의 입에서 경악에 찬 목소리가 터져 나왔다.

"이, 이 간악한……."

한 마탑 마법사가 마현에게로 달려들었다.

그런 그의 앞을 흑도가 가로막았다.

서걱!

흑도의 도가 마법사의 허리를 갈랐다.

푸학—

피가 사방으로 흩뿌려지며 그의 몸이 허물어졌다.

"무릎을 꿇어라, 그러면 목숨은 건질 수 있다!"

마현의 마기가 폭풍처럼 피어올랐다.

엄청난 어둠의 마나가 피비린내 자욱한 용병들의 거리를 한순간 뒤덮었다.

그 압도적인 기운에 통합 마탑의 마법사들은 저항의 의지를 버렸다.

쿵!

누군가가 바닥에 무릎을 꿇었다.

쿵쿵쿵쿵!

그걸 시작으로 마탑 마법사들이 두려운 얼굴로 하나 둘 바닥에 무릎을 꿇었다.

"와아아아아!"

"이겼다! 우리의 승리다!"

용병들과 대장장이, 샤토 마탑의 마법사들은 두 손을 번쩍 치켜세우며 승리의 함성을 질렀다.

"흑풍대주."

마현은 그 함성을 들으며 무거운 목소리로 왕귀진을 불렀다.

"예, 주군."

"점혈로 금제를 가하라."

"명!"

마현의 명에 흑풍대는 사방으로 뿔뿔이 흩어졌다.

그리고는 무릎을 꿇은 마탑 마법사들을 점혈하기 시작했다.

"휴우."

마현은 고개를 들어 하늘을 쳐다보았다.

피비린내가 자욱한 용병들의 거리와는 달리 하늘은 청명하기만 했다.

자신의 복수가 너무나도 많은 피를 불러왔다. 그 피의 무게가 마현의 가슴을 무겁게 짓눌렀다.

"주군!"

마현은 눈을 감았다.

그리고 다시 떴다.

"전열을 정비하라. 지금 바로 통합 마탑으로 갈 것이다. 오늘로 모든 것을 마무리 한다!"

제7장
이베른의 최후

이베른의 최후

통합 마탑 1층 한구석에 위치한 비상용 텔레포테이션과 같은 곳에는 순간 이동 좌표 마법진이 설치돼 있었다.

그곳에 밝은 빛 무리와 함께 카네티가 모습을 드러냈다.

태양, 스플린. 바다, 샤메일. 대지, 듀락의 주축 마법사들이 모두 빠져나간 통합 마탑의 1층은 매우 한산했다.

"카네티 탑주님?"

비상용 순간 이동 좌표 마법진에 카네티가 모습을 드러내자 통합 마탑 소속의 한 마법사가 어리둥절한 표정을 지으며 카네티를 불렀다.

"마탑주님은 어디 계시냐?"

이베른의 최후 199

"아마 대전에……."

통합 마탑 마법사의 대답이 끝나기도 전에 카네티는 대전으로 통하는 7층 문 앞으로 다시 순간 이동했다.

콰당!

그리고는 대전문을 벌컥 열었다.

"마, 마탑주님! 크, 큰일이……."

사크스는 대전 태사의에 앉아 있는 이베른을 향해 헐레벌떡 뛰어 들어가며 보고했다.

"그래, 카칸이 네놈에게는 무얼 전하라고 하더냐?"

이베른의 차가운 목소리에 카네티의 몸이 굳어졌다.

냉정을 되찾으니 이베른이 앉아 있는 단상 앞에 피투성이가 된 채 부복해 있는 마이런이 보였다.

드르륵!

태사의가 바닥에 끌리는 소리가 카네티의 귀를 파고들었다. 이베른이 자리에서 일어나 느린 걸음으로 단상 아래로 뚜벅뚜벅 걸어 내려왔다.

카네티는 화들짝 놀라 바닥에 몸을 바싹 엎드렸다.

"카칸이 지금 온다고 마탑주님께……."

"지금? 크크크크, 크하하하하!"

이베른은 고개를 젖혀 광소를 터트렸다.

콰르르르르!

그 울음에 대전이 괴로운 듯 비명을 내질렀다.

이베른은 바닥에 바싹 엎드려 덜덜 떨고 있는 두 탑주를 향해 손을 휘저었다.

쐐애애액— 서걱!

두 줄기의 바람이 마이런과 카네티의 목을 스치고 지나갔다.

"큭!"

"꺼억!"

마이런과 카네티의 눈이 동시에 부릅떠졌다.

그런 그들의 목 주위로 붉은 선이 그려졌다. 붉은 선에서 핏물이 주르르 흘러내리며 그들의 로브를 적셨다.

"이, 이럴 수······."

"어떻게 우리에게······."

마이런과 카네티는 마지막 유언을 끝까지 내뱉지도 못했다. 그 전에 그들의 목이 툭툭 떨어져 대전 바닥을 뒹굴었기 때문이다.

이베른은 바닥에 번지는 핏물을 보며 잠시 눈살을 찌푸렸을 뿐 마이런과 카네티의 수급에는 눈길조차 주지 않았다.

태반의 제자들을 잃었다.

아마도 사크스도 죽었을 것이다.

카칸의 지독한 심성이라면 충분히 그랬을 것이라 믿었다.

하지만 상관없었다.

물론 사크스가 죽은 건 조금 아까웠다.

나름 애정을 들인 제자였으니까.

그렇지만 애제자의 죽음도 그에게는 별다른 충격을 주지 못했다.

중요한 건……, 바로 자신이 살아 있다는 것이니까.

그리고 다시 한 번 카칸을 죽이고 절대자의 자리에 앉을 생각이었다.

그거면 된다.

어차피 제자들이야 다시 키우면 되니까.

재능 있는 아이들을 데려와 마탑 마법사로 키워도 되고, 재능이 떨어지는 마탑 마법사들에게는 좀 더 많은 양의 마법서를 풀어 능력을 끌어올리면 된다.

어차피 모든 것을 허물고 새로 짓고 있는 통합 마탑이었다.

여러 개의 마탑이 아닌 하나의 마탑.

그 자리에, 그 권좌에 자신이 앉으면 된다.

주인으로서.

절대자로서.

저벅 저벅 저벅.

이베른은 묵직해 보이는 커다란 창문으로 다가가 문을 활짝 열었다. 창문 아래로 넓은 마탑 광장과 그 뒤로 빼곡하게 들어선 건물들이 눈에 들어왔다.

'저 모든 것이 이제 다 내 것이 될 것이다.'

이베른은 차가운 미소를 지으며 창문 아래로 몸을 날렸다.

* * *

콰당탕탕탕!

의자가 볼품사납게 나뒹굴었다.

탕!

의자의 주인인 알랜이 책상마저 부숴 버릴 기세로 양손을 들어 내려쳤다.

"뭐, 뭐라구요?"

흥분과 감격이 뒤섞인 외침.

하지만 너무나도 감정이 격하게 실리다 보니 마치 발악하는 듯한 어투였다.

"내가 한 말 그대로이네."

그런 알랜의 반응에 밀러는 담담한 미소를 지을 뿐이었다. 밀러의 담담하고 부드럽던 표정이 문득 묘하게 일그러졌다. 그리고 눈동자에서 어둠의 마나가 넘실거렸다.

"낄낄낄. 그러니까 지금 당장 마탑 광장으로 모든 용병들을 모아! 일생일대의 싸움이 기다리고 있으니까! 우히히히히! 용병계의 미래가 걸린 싸움이니까. 독재의 길이 펼쳐질 것인가, 아니면 평등한 마법계가 될 것인가가 판가름 나는 싸움. 우히히히히!"

밀러는 흥분을 감추지 않았다.

"휴우."

그런 밀러의 모습에 알랜은 고개를 절레절레 흔들며 한숨을 내쉬었다.

광란의 신, 블로흐의 권능의 부작용이라면 저처럼 한순간에 사람이 변해 버린다는 것이다.

몇 번이나 봤지만 밀러의 변화는 익숙해지지 않는 장면이기도 했다.

"뭐 해?"

밀러는 멍한 얼굴로 서 있는 알랜의 엉덩이를 뻥 걷어찼다.

"어서 전서를 띄우지 않고. 그리고 가는 거야, 나와 함께. 낄낄낄! 우히히히히!"

알랜은 '아차!' 하는 표정을 지으며 서둘러 용병 길드 본부장을 찾으러 뛰어나갔다.

*   *   *

과거에는 태양의 마탑이 있었던 곳, 지금은 통합 마탑의 이름으로 오연하게 내려다보는 드넓은 광장.

그곳으로 수많은 인파가 몰려들었다.

용병들의 거리에서 이곳까지의 이동시간은 도보로 대략 1시간.

이백여 명이 조금 안 되던 인파가 단 1시간 만에 그 수를 헤아리기 힘들 정도로 늘어났다.

그 선두에 마현이 걷고 있었다.

이곳으로 오는 동안 마현은 마나의 힘을 쓰지 않고 산책을 나온 듯 천천히 걸어왔다.

한 걸음, 한 걸음 내딛을 때마다 마현의 마음은 무거웠다.

단지 복수를 위해 걸음을 내딛었을 뿐인데 너무나 많은 피를 보았다. 과연 그들 중에 죽어도 되는 이가 몇이나 될까 싶었다.

사람의 마음이 참으로 간사하다지만, 지금 되돌아본 스스로의 모습이 딱 그러했다. 처음 복수행을 시작했을 때, 그리고 불과 며칠 전까지만 해도 그런 개별적인 죽음 따위는 눈에 보이지도 않았다.

아마도 이제 멀고도 멀었던 복수행의 끝이 보이기 때문이 아닐까 싶었다.

그렇게 많은 생각과 감정이 교차하는 가운데 드디어 마탑 광장으로 들어섰다.

툭!

그런 마현의 앞으로 이베른의 그림자가 내려섰다.

대략 3미터 거리를 두고 둘이 마주서자 광장 주위를 빼곡하게 채운 군중들 사이에서 웅성거림이 점점 커져갔다. 아울러 광장을 빼곡 들어찬 사람들이 이베른을 향해 내뿜는 살기는 하늘을 찌를 듯했다.

"후후후."

이베른은 그 살기를 즐기기라도 하는 듯 입술 끝을 말아 올렸다.

"카칸."

이베른은 과거 자애롭던 시절처럼 마현을 부드럽게 불렀다. 물론 그 모습 또한 그의 거짓된 탈에 불과했지만 말이다.

"내가 오랜 삶을 살면서 깨달은 것이 있지."

이베른은 적대감이 가득한 광장의 눈빛들을 미소를 지으며 둘러보았다.

"지독한 원한도 치가 떨리는 복수심도 감당할 수 없는 힘 앞에서는 공포가 되고, 거부할 수 없는 권능 앞에서는 머리를 조아리게 된다는 것을."

이베른이 입술을 비틀며 차갑게 웃었다.

"나는 만인에게 보여줄 생각이야. 국경을 초월한 절대자의 힘을. 그리고 나는 군림할 것이다. 천 년, 만 년 죽어서도…… 말이지."

이베른의 눈가에는 웃음으로 인한 주름이 자글자글하게 잡혔다.

"어리석군."

마현은 고소를 머금었다.

"어리석다라……"

이베른은 마치 중얼거림처럼 마현의 말을 되씹었다.

"좋군, 좋아. 그게 바로 너다운 말이지."

이베른은 등 뒤로 고개를 돌렸다.

어느새 마탑의 마법사들이 우르르 몰려나와 있었다.

통합 마탑 광장 중앙에 선 이베른과 마현을 중심으로 마탑 마법사와 용병들이 반으로 갈라서 마주선 것이 묘한 대치를 이뤘다.

이베른은 고개를 들어올렸다.

구름 한 점 없는 청명한 하늘은 아름다웠다.

"대륙에서 군림을 시작하기에는 더없이 좋은 날이군."

이베른의 몸에서 마나가 폭사되었다.

"피를 보기에도 좋은 날이기도 하고."

마현의 몸에서도 마나가 폭사되었다.

새하얀 빛과 어두운 빛이 허공에서 맞부딪쳤다.

"8서클의 마나가 얼마나 대단한지 궁금했는데, 뭐 그다지 대단하지도 않군."

이베른의 얼굴에는 자신에 찬 미소가 드러났다.

그 말에 마현의 안색이 굳어졌다.

이베른은 이미 자신이 8서클에 오른 것을 알고 있었던 것이다.

"그럼에도 불구하고 왜 내가 이 자리에 섰는지, 그 이유가 궁금하지 않은가?"

'8서클인가?'

아니다.

이베른 역시 8서클이라면 저처럼 말하지 않았을 것이다.

마현의 의문에 마치 답이라도 해주는 것처럼 이베른의 새하얀 빛은 세 가닥으로 갈라지며 뚜렷한 색을 갖추기 시작했다.

"……!"

순간 마현의 동공이 크게 열렸다.

이베른의 몸을 휘감는 각각의 색을 가진 마나들.

원래 그의 것인 태양, 불의 기운을 가진 붉은 마나 외에도 바다, 즉 물의 기운을 가진 푸른 마나, 거기다 대지, 땅의 기운을 가진 황토빛 마나가 더 있었던 것이다.

'어떻게?'

불현듯 마현의 머릿속을 스치는 생각이 있었다.

과거 이베른과 가깝게 지낼 때였다. 물론 그런 이베른의 자애로움은 거짓으로 꾸며진 것이긴 했지만.

어느 날 마현은 이베른의 연구실에서 그가 없을 때 얇은 마법서 한 권을 본 적이 있었다. 하나의 복잡한 마법진과 그것을 구성하는 여러 가지의 마법 수식들.

마나의 이동, 흡수, 재구성, 조합 등과 밀접해 보이던 마법 수식들.

'흡정흡기법(吸精吸氣法)?'

금마공으로 치부되어 마교에서도 사장된 마공과 유사했다.

그것은 타인의 기를 강제로 흡수하는 마공이었다. 그런 마공에도 여러 종류가 있었지만, 대부분 그런 류의 마공을 흡정

흡기법이라 통일해 부르고 있었다.

'그런 것인가?'

마현의 눈동자가 이베른의 눈을 직시했다.

이곳으로 오면서 들은 그간의 일들.

갑작스러운 마탑의 통합, 그 과정에서 사라진 두 마탑주.

'두 마탑주의 마나를 흡수한 게 틀림없군.'

마현이 눈을 찌푸렸다.

한평생 함께한 동지들을 집어삼키면서까지 권력에 집착하는 그 모습에 구역질이 다 나올 것 같았다.

'훗!'

마현의 입에서 조소가 흘러나왔다.

어쩌면 이베른은 처음부터 그럴 작정을 했는지 모른다. 평생을 함께한 그들조차 동지로 여기지 않고 있었는지도 모른다. 그렇지 않고서야 인간이 어찌 저리 간악해질 수 있겠는가.

마현은 점점 거세지는 이베른의 마나에 대항해 서클 단전의 마나를 모두 개방했다.

"대지가 분노하여 벌을 내리느니, 얼쓰 퍼니쉬(Earth punish)!"

콰그그그극!

마현이 서 있던 바닥에서 검처럼 날카로운 괴석들이 튀어올라왔다.

마현은 빠르게 허공으로 날아올랐다.

"태양의 파편이 세상을 태우리라, 파이어 레인(Fire rain)!"
쿠오오오오!

허공으로 몸을 띄운 마현의 머리 위에서 불타는 구름이 만들어졌고, 그 구름에서 불덩이들이 후드득 떨어졌다.

이베른은 고서클의 대지 계열 마법을 시전한 후 잠시도 지체하지 않고 곧바로 화염 계열의 마법을 시전한 것이다.

'헙!'

마현은 생각지도 못한 이베른의 빠른 캐스팅에 헛바람을 들이마시며 허공답보의 수로 공중에서 재빨리 신형을 비틀었다.

콰과과과광!

아슬아슬하게 허공에서 떨어지는 불덩이를 피한 마현을 기다리고 있는 것은 또 하나의 공격 마법이있다.

"바다의 분노가 해일로 이어지나니, 타이들 웨이브 오브 앵거(Tidal wave of anger)!"

콰과과곽!

마탑 광장에 깔린 장판석이 거북이 등껍질처럼 갈라졌다.

쏴아아아아—

그 틈으로 어마어마한 물기둥이 회오리처럼 치솟아 올라 마현의 몸을 덮쳤다.

팡!

마현은 자신을 집어삼키려는 거대한 물기둥을 향해 양손으로 장풍을 날렸다.

푸학—!

물보라가 사방으로 튀었다.

그 반동으로 마현은 좀 더 높은 공중으로 몸을 날릴 수 있었다. 그렇게 시간을 번 마현은 이베른 곁으로 순간 이동했다.

번쩍!

그런 마현의 몸을 빛이 휘감았고, 거의 그와 동시에 물기둥이 마현을 집어삼켰다.

이베른의 등 뒤에 모습을 드러낸 마현은 빠르게 공격 마법을 퍼부었다.

"지옥으로 향하는 길에 겁화가 피어나니, 플레임 온 더 헬 로드(Flame on the hell load)!"

시커먼 불이 땅을 집어삼키며 이베른을 향해 곧장 뻗어나갔다.

"대지의 따뜻함이 나를 지켜주느니, 얼쓰 배리어(Earth barrier)!"

쿠구구국!

마현을 향해 돌아서는 이베른 앞으로 거대한 암석이 땅속에서 튀어 올라와 단단한 방벽을 만들었다. 하지만 그 어떤 것에도 깨어지지 않을 것만 같은 방벽은 시커먼 불을 견디지 못하고 순식간에 녹아버렸다.

이베른의 눈썹이 꿈틀거렸다.

"······더 블레이즈 커튼(The blaze curtain)!"

이베른은 재빨리 뒤로 물러나며 녹아가는 암석 방벽 뒤로 불의 장막을 쳤다.

콰르르르릉!

마현의 검은 불길과 이베른의 붉은 불의 장막이 부딪히자 마치 천둥이 치는 것처럼 굉음이 터졌다. 아울러 화산이 폭발한 것처럼 두 불 사이에서 검은 불덩이와 붉은 불덩이가 사방으로 비산했다.

잠시 비등비등하게 힘겨루기를 하는 것 같았지만 이베른의 불의 장막은 마현의 검은 불길을 온전히 막지 못한 채 서서히 허물어져갔다.

그러자 이베른은 뺨을 씰룩거리면서 양팔을 높이 들어올렸다.

"……, 레이진 웨이브즈(raging waves)!"

그의 앞으로 거대한 파도가 솟아올라 불의 장막을 누르고 있는 시커먼 화염을 집어삼켰다.

치지지지직―

이미 암석 방벽과 불의 장막에 힘을 빼앗긴 듯 시커먼 불길은 성난 파도를 이기지 못하고 서서히 꺼져갔다. 그로 인해 마현과 이베른 사이에 검은 수증기가 하늘로 피어올랐다.

마치 대낮에 검은 먹구름이라도 낀 것처럼 사방은 어둑어둑해졌다.

"……, 에로우 오브 레인(Arrow of rain)!"

쐐애애애액!

먹구름은 한순간에 사방으로 갈라지더니 곧 날카로운 물화살로 변해 마현을 엄습했다.

"실드!"

마현은 급히 몸 주위에 보호막을 쳤다.

따당 따다다당!

마치 철화살이 쏟아지는 것처럼 마현의 실드가 요동쳤다.

"……, 어쓰퀘이트(Earthquake)!"

크그그그극!

마현이 서 있는 곳을 중심으로 땅이 마구 뒤틀리며 갈라졌다. 그로 인해 마현은 균형을 잃고 휘청거렸고, 마나의 공급이 원활하지 않자 실드의 한 부분이 약해졌다.

차장창창창!

실드는 버티지 못하고 곧 부서졌다.

마현은 허공답보의 수로 지상에서 발을 떼며 허공에서 빗발치듯 쏟아지는 물화살을 향해 쌍장을 휘둘렀다.

파방 파바바방!

마현이 한순간 펼친 건 허진의 독문무공인 마라독혈장(魔羅毒血掌)이었다.

묵빛 장풍이 마현을 가리고, 하늘도 가렸다.

허공답보의 수로 안정감을 유지한 마현의 쌍장은 거침이 없었다.

파방!

마현은 또 한 번 장풍으로 마지막 물화살을 쳐내며 잠시 뒤로 물러났다.

이베른의 얼굴은 보기 흉하게 일그러져 있었다.

'흠……!'

마현은 제아무리 이베른이 다른 두 마탑주의 마나를 흡수했다고 해도 크게 달라질 것은 없으리라 여겼다. 그저 세 명의 7서클 마법사를 상대하는 것과 별 차이가 없을 거라 단순히 생각했다.

그런데 아니었다.

이베른의 힘은 8서클인 자신의 힘에 필적하고 있었던 것이다.

단일 마법에서는 자신이 우위에 있었지만 복합적인 마법에는 이베른이 우위를 점했다.

단지 마법만으로는 이베른을 이기기 힘들다는 사실을 마현은 깨달았다.

"너는 내 제자다!
나의 마공은 너로 이어진다.
흑마법의 단점을 나의 마공으로 채우거라!"

그때 허진의 목소리가 환청처럼 들렸다.

'스승님!'

마현은 마음속으로 허진을 불렀다.

우우웅!

마현은 용병들이 서 있는 곳으로 손을 뻗었다.

스르릉!

한 용병의 허리에 걸려 있는 롱소드가 뽑혀 마현의 손으로 날아들었다.

이곳에 오면서 롱소드를 버렸었다.

8서클의 흑마법사로서 모든 복수의 길을 끝내고자 했던 것이다.

'죄송합니다, 스승님!'

흑마법에 몰두하는 동안 자신이 허진의 제자라는 것을 잊고 있었던 것이다.

이제껏 허진의 독문마공을, 그가 가르쳐준 마공을 쓰면서도 까맣게 잊고 있었던 것이다. 공기를 마시는 것처럼 너무나도 자연스러워 소중함을 깨닫지 못했던 것이다.

마현의 눈빛이 변했다.

콰그그그그그극!

그 순간 거대한 흙더미가 파도처럼 마현을 덮쳤다. 갈라지고 뒤틀린 땅거죽 사이로 붉게 이글거리는 용암도 보였다.

대지 계열의 마법과 화염 계열의 마법이 합쳐진 것이 분명했다.

마현의 신형이 그 자리에서 사라졌다.

블링크나 텔레포테이션과 같은 순간 이동 마법이 아니었다.

이형환위(移形換位).

허진의 독문마공 중 마라환영보가 만들어낸 극에 달한 허상의 움직임이었다.

모습을 감췄던 마현이 다시 나타난 곳은 거대한 대지의 파도 위. 그의 신형은 마치 연달아 블링크를 시전하는 것처럼 대지의 파도 위를 거침없이 질주하고 있었다.

그 모습에 이베른의 눈동자에 처음으로 당황스런 감정이 담겼다. 그 감정은 곧 이베른의 얼굴을 일그러지게 만들었다.

"……, 바이어런트 타이푼(Violent typhoon)!"

콰르르르르르!

마현의 머리 위에서 거센 폭풍우가 휘몰아쳤다.

"흐아압!"

마현은 롱소드를 강하게 움켜잡으며 기합을 터트린 후 폭풍우 속으로 몸을 훌쩍 날렸다.

후우웅!

롱소드에서 맑은 검명이 울렸다.

아울러 묵빛 검강이 오연하게 솟아올랐다.

그 검강이 반월을 그렸다.

그 반월은 시렸다.

시린 반월은 일순간 천 개로 갈라져 사방으로 뻗어나갔다.

번쩍—!

묵빛 섬광과 함께 폭풍우 한편이 갈기갈기 찢겼다.

허진의 독문마공인 천수마라검이 하르센 대륙에서 모습을 드러낸 것이다.

캬하아아악!

마치 드래곤이 피어라도 뿜어내는 것처럼 맑은 검명은 야수의 울음으로 바뀌었다.

콰과과광!

폭풍우가 부서지며 그 사이로 검은빛이 폭사되었다.

그 빛 사이로 마현이 모습을 드러냈다.

마현의 롱소드에 담긴 묵빛 검강이 반월을 그리며 이베른을 향해 날아갔다.

"히, 히익!"

이베른은 창백한 얼굴로 헛바람을 들이마시며 황급히 블링크로 그 자리에서 벗어났다.

콰과과과광!

이베른이 서 있던 자리에서 폭음이 터졌고 그 위에 마현이 내려섰다. 마현은 마치 하늘에서 마탑의 광장을 내려다보고 있는 것처럼 왼쪽으로 고개를 돌렸다.

그곳에는 이베른이 잔뜩 얼굴을 일그러트린 채 서 있었다.

"홀드!"

마현은 이베른을 향해 홀드 마법을 시전했다.

그 홀드 마법만으로는 이베른을 잡아두지 못한다. 그 사실을 마현도 알고 있었다.

"하압!"

이베른은 단 한 모금의 기합으로 마현의 홀드 마법을 부숴 버렸다. 하지만 마현이 원한 것은 찰나의 시간 정도였다.

핑—!

홀드 마법에 의해 이베른의 몸이 움찔거릴 때 마현은 십여 줄기의 지풍을 날렸다.

지풍은 형체도 없고, 소리도 미세했다.

그마나 미세한 소리도 이베른의 기합에 묻혀 버렸다.

마현이 쏘아 보낸 지풍이 이베른의 혈도에 꽂혔다.

"큭!"

이베른의 눈이 화등잔처럼 크게 떠졌다.

원활하게 흐르던 마나의 흐름이 마치 둑에 막힌 것처럼 툭 끊어져 버린 것이다.

"내, 내 몸에 무슨 짓을 저지른 것이냐!"

이베른은 급기야 발악에 찬 일갈을 터트렸다.

그리고 마나를 움직이기 위해 서클에서 마나를 끌어올렸지만 오히려 마나가 역류하는 바람에 몸 곳곳에 핏줄이 울룩불룩 돋아났다.

"지옥으로 가는 문이 열려 그대를 환영한다, 폴 인투 더 헬(Fall into the hell)!"

마현의 양손이 바닥을 때렸다.

쿠오오오오오!

어마어마한 양의 묵빛 마기가, 어둠의 마나가 땅으로 스며들었다.

번쩍!

이베른이 서 있는 땅에서 검은 선이 그려졌다.

그 선은 원이 되고, 곧게 뻗은 선이 되어 역오망성의 마법진을 만들어냈다.

―키히이이이!

―캬하아아아!

검은 빛이 역오망성에서 뿜어져 나오면 이제껏 한 번도 들어보지 못한 기괴한 흉성이 터져 나왔다.

턱!

역오망성에서 뿜어져 나오는 검은 빛 속에서 거무튀튀한, 마치 녹아버린 피부를 가진 듯한 앙상한 손이 튀어나와 이베른의 발목을 잡았다.

"헉!"

이베른이 놀라가기도 전에 또 다른 팔이 튀어나와 이베른의 허벅지를 잡았다.

그리고 다음에는 피를 머금은 듯한 붉고 우둘투둘한 손이 튀어나와 이베른의 허리와 가슴 언저리를 잡았다. 이어 기괴한 팔들이 연이어 튀어나와 이베른의 몸 곳곳을 움켜잡았다.

"으아아아!"

이베른의 최후

이베른의 입에서 비명이 터졌다.

이윽고 서서히 모습을 드러내는 팔들의 주인.

흉측한 형상의 마물들이 이베른을 꽁꽁 끌어안으며 아래로 끌어내렸다. 그러자 이베른의 몸은 그들의 손에 이끌려, 마치 늪에 서서히 빠지는 것처럼 땅 아래로 끌려 내려가기 시작했다.

"놔라, 놔라! 놓지 못할까!"

펑 펑 퍼버벙!

이베른은 역류되는 마나를 쥐어짜 흉측한 마물들을 향해 마법을 난사했다.

—꾸웩!

그 마법에 몇몇 마물들이 나가떨어졌다.

—크허어엉!

그러자 더욱 흉포한 울부짖음이 검은 빛 아래에서 터져 나왔다.

후악—

검은 물체가 역오망성에서 이베른의 머리 위로 튀어 올라왔다.

—크하아아앙!

다시금 터트린 흉성 가득한 포효.

검은 피부에 붉은 눈동자, 날카로운 이빨을 드러낸 거대한 짐승. 그 짐승의 머리는 세 개였다.

바로 지옥의 문을 지키는 켈베로스가 나타난 것이다.

—카르르르!

허공에서 나직하게 울음을 토한 켈베로스는 단숨에 이베른의 어깨와 목, 그리고 한 팔을 물어버렸다.
"으아아아악!"
이베른의 입에서 고통에 찬 비명이 터져 나왔다.
이베른의 몸은 켈베로스의 힘에 이끌려 땅 아래로 푹 떨어졌다.
번쩍— 쩌적!
그들의 모습이 사라지자 역오망성은 불씨가 꺼지듯 훅 사라졌다.
"꺼억!"
그와 동시에 이베른의 맞은편에 서 있던 마현이 격한 숨을 터트리며 바닥에 쓰러졌다.
위를 올려다보며 거친 숨을 내쉬는 마현의 눈에 하늘이 갈라지는 것이 보였다. 갈라진 하늘의 틈에서 검은 빛이 쏟아져 내려왔다.
그 빛은 마현의 몸을 집어삼켰다.

*　　*　　*

하늘도 없고, 땅도 없다.
하물며 색도 없다.
마현에게도 그다지 낯설지 않은 장소.

그곳은 군신 아이벤을 만났던 곳과 흡사했다.

하지만 분명 다른 곳이라는 것을 마현은 알 수 있었다. 같은 듯 보이지만 미묘하게 다른 곳.

마현의 앞에 검은 빛 덩이가 모습을 드러냈다.

검은빛은 서서히 커지며 사람 모양의 형체로 변했다. 하지만 눈도 없고, 코도 없었다. 마치 실루엣처럼 형상만 가진 순수한 검은빛 그 자체였다. 마현은 그 빛에서 느껴지는 위엄만으로 그것이 누구인지 깨달았다.

'어둠의 신, 키야!'

마현의 한쪽 무릎이 저절로 꺾였다.

"미천한 종이 어둠을 관장하는 부신, 키야를 뵈옵니다."

마현은 깊게 머리를 숙였다.

『너는 이 땅에 존재해서는 안 되는 존재, 나의 욕심으로 태어난 아이다.』

마현의 표정이 굳어졌다.

『나의 욕심으로 새로운 육체를 얻어 이 땅에 온 존재.』

그 말 한 마디에 마현은 이제껏 품어왔던 모든 의구심을 털어버릴 수 있었다.

사신 키디악의 금단의 흑마법.

중원에서의 얻은 새로운 육체.

그리고 다시 하르센 대륙으로.

군신 아이벤과의 접신과 8서클.

마현의 눈동자가 파르르 떨렸다.

『너로 인하여 빛과 어둠이 다시 균형을 찾은 순간, 너로 인해 또다시 균형이 깨어졌다.』

마현은 고개를 들어 어둠의 신, 키야를 쳐다보았다.

『주신의 권능 아래 존재해서는 안 될 존재.』

어둠의 신, 키야가 마현에게로 한 걸음 다가섰다.

"그럼 저는 어떻게 되는 것입니까?"

『주신의 분노는 오로지 나의 몫. 너에게는 미안하지만 선택권이 없느니라. 소멸 아니면……..』

마현의 주먹이 굳게 쥐여졌다.

『새로운 삶을 얻은 곳으로 돌아가는 것.』

마현의 눈이 부릅떠졌다.

『가면 다시는 돌아올 수 없다.』

"가겠습니다. 가겠습니다!"

마현의 목소리가 커졌다. 그리고의 그의 눈가에 굵은 눈물이 흘러내렸다. 눈물이 웃고 있는 그의 입술을 적셨다.

『좋은 선택이다. 일주일 후 이 시각, 너는 나를 다시 만나게 될 것이다.』

     * * *

"주군!"

흑도의 목소리.

마현은 눈을 떴다.

"복수한 것이 그리도 기쁩니까?"

흑도는 묘한 웃음을 짓고 있었다.

"보지 못했나?"

"무얼 말입니까?"

"······검은빛."

"이잉?

흑도는 어색한 웃음을 지으며 고개를 갸웃거렸다.

"나만 본 것인가?"

마현은 하늘을 올려다보았다.

"하하하! 하하하하하하!"

마현은 시원한 웃음을 터트렸다.

그런 그의 웃는 얼굴에는 눈물이 얼룩져 있었다.

'스승님, 그리고 설린······. 곧 제자가 돌아갑니다, 내가 돌아가오.'

마현에게 더 이상 용병들의 함성은 들리지 않았다.

"흠······."

흑도는 그런 마현을 보며 짐짓 고민하는 표정을 짓더니 손가락으로 머리를 빙빙 돌렸다.

"주군이 미친 거······."

따악!

흑권이 그의 머리를 후려쳤다.
"아악! 왜 때려!"
흑도가 버럭 소리를 질렀다.
퍽!
"에라이!"
흑검이 그런 흑도의 뒤통수를 다시 후려쳤다.
"이, 이것들이······."
후우웅! 퍽!
흑창이 창대로 흑도의 뒤통수를 다시 후려갈겼다.
"끄륵!"
흑도는 거품을 물고 쓰러졌다.

    *   *   *

일주일이란 사실 매우 짧은 시간이다.
하지만 하르센 대륙의 역사에 있어 결코 무시할 수 없는 일주일이 되어버렸다.
마탑의 붕괴, 그리고 그 과정에서 드러난 과거 마탑의 패악.
그 패악에 종지부를 찍은 마현. 그리고 마현이 내린 마탑 해체의 명.
마신의 오명을 벗은 어둠의 신들.
그 도도한 역사의 회오리가 하르센 대륙에 휘몰아쳤다.

그 바람이 시작된 곳.

마현과 흑풍대, 케이슨 용병기사단, 그리고 알랜이 바람 식당의 별채 마당에 모여 있었다.

모두의 얼굴에는 진한 숙취가 묻어 있었다.

어젯밤 모두 죽어라 술을 퍼마셨기 때문이다.

지독한 숙취에 누군가 엄살 섞인 신음이라도 흘릴 법 하건만 모두의 얼굴은 침울했다.

"……주군."

자브라였다.

그녀는 닭똥 같은 눈물을 뚝뚝 흘렸다.

"자브라."

마현은 부드럽게 자브라의 이름을 부른 후 아이작의 어깨를 강하게 꾹 눌렀다.

"정말 다시 돌아오실 수 없는 겁니까?"

아이작의 질문에 마현은 담담한 웃음을 지으며 그의 뺨을 가볍게 툭 건드렸다.

"하야스 후작께도 안부 전해주고. 잘 살아라."

마현은 자브라와 함께 아이작을 한 번 더 주시하고는 몸을 돌려 밀러를 쳐다보았다.

"무거운 짐만 넘겨주고 가는 것 같아 죄송합니다."

"아니야, 덕분에 후회하지 않는 삶을 살고 있지 않은가? 오히려 내가 고맙네."

밀러는 마현을 향해 허리를 깊게 숙였다.

"그리고 그대는 영원한 나의 주군일세. 자네가 원하던 그런 세상을 꼭 만들겠네. 빛과 어둠을 떠나 모두가 평등한 마법사의 세상을."

마현은 깊게 숙인 밀러의 몸을 일으켜 세웠다. 그리고 그의 손을 굳게 잡았다.

"험험."

밀러는 눈물을 흘린 것이 부끄러운지 헛기침을 내뱉으며 고개를 틀었다.

"케이슨."

케이슨은 붉어진 눈으로 군례를 취했다.

마현은 그런 케이슨의 손을 잡아주었다.

"짧은 시간이었지만 그동안 감사했소."

"아닙니다, 주군."

"잘 지내시오."

"함께한 날들, 영원히 잊지 않겠습니다."

마현은 케이슨의 어깨를 가볍게 툭 친 후 몸을 돌렸다.

"제이든, 그레오, 야숍."

"니미럴."

제이든은 울먹이면서도 그답게 거친 말을 툭 내뱉었다.

마현은 제이든과 그레오, 야숍의 손을 돌아가며 잡아주었다.

"아이작!"

이베른의 최후

흑도가 아이작을 험악한 목소리로 불렀다.

"왜?"

"자브라, 행복하게 해줘. 아니면 죽을 줄 알아. 알았어?"

흑도는 그 말을 내뱉더니 눈물 가득한 눈망울로 자브라에게로 뛰어가 그녀를 폭 안았다.

"흐이잉, 자브라. 흐이이잉!"

"너 그 손 안 놔! 죽고 싶냐?"

아이작이 둘 사이에 끼어들며 버럭 소리쳤다.

그렇게 아옹다옹하며 이별의 정을 나눈 후 마현과 흑사신, 그리고 흑풍대는 별채 마당에 그려진 자그만 역오망성 마법진 안으로 들어갔다.

"그럼 모두들 잘 있으시오. 그리고 감사했소."

마현은 자신을 마중 나온 이들에게 허리를 깊게 숙였다.

"주군!"

"……주군!"

그러자 그들 모두 바닥에 부복하며 격앙된 목소리로 마현을 불렀다.

쏴아아아아—

마현이 그들의 부름에 대답할 시간조차 없이 하늘이 갈라지며 검은빛이 역오망성 마법진 위로 쏟아져 내렸다.

제8장
무림으로의 귀환

무림으로의 귀환

대역죄인 마현 사지(大逆罪人 魔玄 死地).

험악한 내용을 담은 거대한 비석이 세워진 폐가.

폐가가 금지(禁地)임을 상징하는 붉은 줄이 그 주위를 둘러싸고 있었다.

"후아암!"

폐가를 지키고 있던 몇몇 병사가 나른한 오후의 무료를 이기지 못하고 길게 하품을 내품었다.

그때 폐가 위의 푸른 하늘이 갈라졌다.

"응?"

연신 하품을 하느라 고개를 젖히고 있던 한 병사가 눈을 찢어져라 부릅떴다.

"이, 이보게."

하품을 길게 하던 병사는 하늘에서 눈을 떼지 못한 채 손으로 옆에 서 있는 동료 병사의 어깨를 툭툭 쳤다.

"왜 그러는가?"

"저, 저기!"

동료 병사는 하품을 한 병사의 손짓에 따라 하늘을 올려다보았다.

"헉!"

동료 병사는 너무도 놀라 입을 쩍 벌렸다.

하늘이 갈라지는 것도 모자라 검은빛이 아래로 뚝 떨어지는 것이 아닌가. 그 장소도 다름 아닌 바로 자신들이 지키고 있는 폐가.

"히익!"

동료 병사의 몸이 마치 풍이라도 든 것처럼 바들바들 떨렸다.

"사, 상제께서 노하신 모양일세."

하품을 하던 병사는 언제 하품했냐는 듯 핏기가 가신 창백한 얼굴로 허둥댔다.

"아이고, 하늘님, 상제님."

두 병사는 바닥에 바싹 엎드려 하늘을 향해 머리를 조아리고 또 조아렸다.

그 검은빛은 하필이면 험악한 글귀가 새겨진 비석 앞에 뚝 떨어졌다.

"히국!"

이윽고 검은빛 속에 모습을 드러낸 그림자들.

"상제께서 현신하셨구나!"

병사들 중 한 명은 너무 놀라 거품을 물고 정신을 잃고 말았다.

"후우웁! 이야, 그래 이 공기야, 바로 이 공기!"

숨을 힘껏 들이마신 흑도가 감격에 겨운 듯 몸을 부들부들 떨었다.

함께 모습을 드러낸 마현과 흑사신, 흑풍대도 다시 중원으로 돌아와 기쁜 마음을 숨기지 않았다.

그런 밝은 분위기가 바뀐 것은 순식간이었다.

"이잉? 뭐라?"

흑도의 인상이 확 찌푸려지며 목소리가 험악해졌다.

"대체 저게 뭔 소리야?"

흑도의 말에 모든 이들의 시선이 흑도가 보고 있는 곳을 향했다.

그리고 비석에 새겨진 험악한 글귀를 읽게 되었다.

"대역죄인 마현 사지? 이런 개잡놈의 비문을 봤나!"

흑도는 비석을 향해 단숨에 일장을 내질렀다.

콰르르르 콰과광!

마치 천둥이라도 친 것처럼 파음이 울려 퍼지며 돌조각이 사방으로 날아갔다. 비석이 있던 자리엔 잘게 부서진 돌조각만이 수북했다.

"흠……."

그것을 본 마현의 입에서 무거운 침음성이 흘러나왔다.

뭔가 잘못되었음을 느낀 것이다.

분명 무림의 일을 완벽히 마무리 짓지 않았지만 자신이 없어도 바로잡혔을 거라 낙관적으로 생각했었다. 어차피 사건의 원흉이었던 황사의 목숨이 끊어졌으니까 말이다.

'그런데 그게 아니란 말인가?'

"이 쌰, 뭘 봐?"

마현의 상념은 흑도의 험상궂은 말에 깨어졌다.

"으아악! 나 살려, 걸음아 나 살려라!"

몇몇 병사들은 병장기마저 잊은 채 줄행랑을 쳤다.

"제게는 어린 노모와 아직 젖조차 떼지 못한 아이들이 있습니다. 그저 목숨만은, 천벌만은……."

고개도 들지 못하고 바닥에 쿵쿵 머리를 찧으면서 발발 떠는 이도 있었고, 아예 거품을 물며 기절하는 이들마저 속출했다.

그런 모습을 보고 더 이상 윽박지르기도 어려운지라 흑도는 쌍심지를 켠 채 그저 입맛만 쩝쩝 다실뿐이었다.

"흑사신."

"예, 주군."

마현은 흑사신을 향해 손을 휘저었다.

"일루젼!"

묵빛 마나, 어둠의 마나가 흑사신의 몸에 뿌려졌다. 그러자 다양한 빛깔의 머리색과 눈동자를 하고 있던 흑사신이 검게 물들며 중원인처럼 변했다.

하르센 대륙 토착민들의 몸을 새로 얻은 흑사신이었다. 그들이 그 모습 그대로 움직인다면 가는 곳마다 사람들의 주목을 받을 게 분명했다.

좀 더 개방적인 마교 안이라면 상관없지만 그들이 마교에만 머물 수는 없었다.

그렇기에 마현이 그들의 머리와 눈동자의 색을 바꾼 것이다.

이어 축골법(縮骨法)으로 몸에 큰 변화를 주지 않는 한도에서 얼굴 생김새도 살짝 바꾸었다.

약간 어색하기는 했지만 바뀐 모습은 누가 봐도 중원인이었다.

"일단 본교로 돌아가자."

"명!"

흑사신은 나직하게 복명했다.

* * *

 마현과 흑사신, 흑풍대가 다시 모습을 드러낸 곳은 마교의 외진 곳에 위치한 마구간 터, 지금은 섬광마지(閃光魔地)라 명명된 워프게이트진 위였다.

 마현이 있을 때에는 마교에서도 중요한 요지였기에 철저히 출입이 통제되는 곳이었지만 그가 죽은 걸로 알려지며 이제는 하나의 상징적인 장소로 깨끗하게 관리되고 있을 뿐이었다.

 마현은 섬광마지를 벗어나 본교 내성으로 향했다.

 "분위기가 어둡습니다."

 왕귀진이 주변을 감도는 착 가라앉은 분위기에 얼굴을 굳히며 말했다.

 "그렇군."

 마현은 발걸음을 좀 더 빨리했다.

 자연스러운 기세가 뿜어져 나왔기 때문일까.

 챙챙챙!

 "걸음을 멈춰라!"

 내성으로 통하는 성문을 지키고 있던 마인들이 긴장된 목소리로 일제히 병장기를 뽑아들었다.

 외성에서 내성으로의 가늘 길이다.

 전시가 아니라면 이 정도로 마기가 사방으로 충천해 있지 않을 것이다.

마현은 침음을 삼키며 자신들을 가로막은 이들의 수장을 찾았다. 마현은 반가운 마음에 미소를 지었다.

"오랜만이군, 혈검대주."

마침 내성으로 통하는 성문을 지키는 이들은 바로 혈검대였던 것이다.

"……!"

혈검대주의 눈동자가 마현을 향한 순간 파르르 떨렸다. 그는 도무지 믿기지 않는다는 표정으로 물었다.

"소, 소교주이시옵니까?"

혈검대주는 떨리는 몸을 주체하지 못한 채 마현 앞으로 걸어왔다.

"소교……, 흑풍마군을 뵈옵니다!"

혈검대주는 소교주라는 단어에서 말을 흐리더니 바닥에 오체투지했다.

"잘 있으셨소?"

"다행입니다. 이렇게……, 이렇게…… 살아 돌아오셔서."

혈검대주는 격앙된 목소리로 반가움을 표시했다.

"흑풍마군을 뵈옵니다!"

"소교주님을 뵈옵니다!"

바닥에 부복하는 혈검대는 통일되지 않은 호칭으로 제각각 마현에게 예를 취했다.

"어서 대전에, 교주님에게 흑풍마군께서 살아서 복귀했음을 알려라! 어서!"

 혈검대주는 고개를 돌려 수하에게 호통 치듯 명을 내렸다. 그러자 한 혈검대원이 자리에서 일어나 빠르게 내성 안으로 사라졌다.

 "모두 자리에서 일어나라, 혈검대주."

 마현은 혈검대를 자리에서 일으켜 세운 후 혈검대주를 불렀다.

 "하명하시옵소서."

 "내가 없는 사이 소교주 직이 채워진 모양이군."

 마현의 말에 혈검대주의 몸이 움찔거렸다.

 "사공찬인가?"

 그 물음에 혈검대주의 몸은 눈에 띄게 움찔거렸다.

 "그, 그렇습니다."

 "사공찬이라……."

 마현의 중얼거림에 혈검대주는 안절부절하지 못하고 시선을 피했다.

 "잘 되었군."

 마현이 흡족한 미소를 보이자 오히려 혈검대주가 당황한 빛이 역력했다.

 "이런, 스승님은 무고하시고?"

 "교, 교주님 말씀이시옵니까?"

 혈검대주는 너무 당황한 나머지 엉뚱한 말을 늘어놓았다.

"본인에게 교주님 말고 스승님이 또 있던가?"

그제야 자신의 실수를 깨달은 혈검대주는 황급히 허리를 숙였다.

"소, 속하의 잘못을……."

"하하하, 농담일세. 농담이야. 그래 무고하시고?"

"그렇습니다."

혈검대주는 식은땀을 마현 몰래 닦아야 했다.

*   *   *

마교 대전, 마주전.

그곳에는 여러 사람이 모여 있었다. 현 마교 교주인 허진만이 아니라, 태상교주가 된 사공소와 소교주 자리에 오른 사공찬, 오대 장로들과 군사 공효, 남만야수궁의 궁주 야율초재와 소궁주 야율황기, 마지막으로 북해빙궁의 궁주 설관악과 소궁주 냉천휘와 하얀 소복을 입은 설린이 자리하고 있었다.

"휴우, 어찌하면 좋겠습니까?"

두 시진 가까이 이어진 회의.

하지만 진척된 것은 아무것도 없었다.

아니 무거운 침묵에 빠져 회의 자체도 거의 진행되지 않았다. 게다가 대전 안에 간간히 튀어나오는 소리라고는 하나같이 깊은 한숨뿐이었다.

"무림맹 쪽에서는 뭐라고 합니까?"

야율초재의 답답함이 묻어나오는 목소리가 들렸다.

대답 대신 허진은 고개를 좌우로 흔들었다.

"그나마 걸왕과 소림방주께서 어떻게든 무림맹을 다시 세우고자 하지만 이미 사분오열된 무림맹입니다. 의견 통합은커녕 재건의 의지조차 보이지 않는다고 하오."

"무당파는요?"

설관악이었다.

"황태후마마를 찾아뵈었다가 문전박대만 당했다고 하오."

"허어……!"

하나같이 탄식이 흘러나왔다.

그나마 실낱같은 희망을 걸어본 것이 무당파이자 장문인인 청하진인이었다.

"이제 하루 지척이거늘……. 길어야 이삼 일……."

사공찬이 중얼거렸다.

"제길! 마현, 그놈만 있었더라도……."

죽도록 싫으면서도 그의 힘을 미치도록 그리운 사공찬이었다.

사공찬의 나직한 중얼거림에 하얀 소복을 입고 있던 설린의 몸이 움찔거렸다. 이윽고 그녀는 양손으로 얼굴을 가렸고, 그녀의 좁은 어깨가 가늘게 흔들렸다.

비록 그녀의 울음소리가 밖으로 새어나오지는 않았지만 모두들 그녀가 울고 있음을 알 수 있었다.

"젠장, 그러게 왜 쳐 죽어? 쳐 죽길!"

야율황기가 울분에 찬 목소리를 삼켰다.

"흐윽, 흑흑흑!"

야율황기의 목소리까지 이어지자 설린의 입술에서 기어이 울음소리가 터져 나왔다.

"황기야!"

야율초재가 야율황기를 나직하게 꾸짖었다.

하지만 그것뿐이었다. 야율초재도 더 이상 야율황기를 꾸짖지 못했다. 애써 눈물을 꾹 참고 있는 야율황기의 벌게진 눈동자를 본 까닭이었다.

그때였다.

콰당!

대전 문이 부서질 것처럼 거칠게 열렸다.

"교, 교주님!"

그리고 안으로 헐레벌떡 뛰어 들어온 이는 바로 혈검대주의 명을 받고 내원으로 달려온 혈검대원이었다.

"무슨 일이냐?"

대전 안에 모여 있던 이들의 시선이 일제히 혈검대원에게 모아졌다.

"지, 지금……."

혈검대원은 속 시원하게 말을 풀어내지 못했다.

그로 인해 허진의 미간에 주름이 잡혔다.
"흐, 흑풍마군께서……, 흑풍마군께서…… 생환(生還)하셨습니다."
우당탕탕탕!
설린이 자리에서 벌떡 일어나며 의자가 거칠게 뒤로 넘어졌다.
"가가께서?"
"뭐, 뭐라?"
허진은 빛살처럼 혈검대원 앞으로 튀어나갔다.
"그 말이 사실이더냐?"
마현이 죽었다는 날, 딱 그 하루를 빼고는 그동안 평정심을 유지했던 허진이었다. 그런 허진의 목소리가 눈에 띄게 흔들리고 있었다.
"제자, 무사히 일을 마치고 돌아왔습니다. 스승님."
그 대답은 혈검대원의 뒤에서 들려왔다.
밝은 빛을 등지고 한 무리의 사내들이 대전 안으로 들어왔다. 그 선두에 서 있는 이는 바로 마현이었다.
"흑풍대, 무사 귀환을 보고합니다!"
마현 뒤에 서 있던 흑풍대가 일제히 한쪽 무릎을 꿇으며 우렁찬 목소리로 군례를 취했다.
"이제 스승님을 떠날 일은 없을 겁니다."
남들은 모르지만 허진은 그 말의 뜻을 금방 알아차렸다.

"……그랬던 것이냐?"

허진의 눈동자가 붉어졌다.

"그래, 일은 모두 해결한 것이냐?"

"본교의 철칙. 피의 값은 피로 갚는다, 그것을 이행하고 왔습니다. 제자는 본교의 마인입니다."

"잘 했다, 잘 했어. 이제는 너를 떠나보내지 않아도 된다는 소리구나."

허진은 마현에게로 다가가 그를 힘껏 끌어안았다.

"험험."

그런 허진의 뒤로 사공소의 헛기침이 들려왔다.

"거 짧게 좀 하게. 뒤에 기다리는 처자가 불쌍하지도 않은가?"

사공소의 말에 허진이 눈물을 닦을 사이도 없이 '아차!' 하며 빠르게 뒤로 물러났다. 그런 허진의 뒤로 눈물을 펑펑 쏟아내는 설린이 서 있었다.

"미, 미안하구……."

허진의 사과도 설린에게는 들리지 않는 모양이었다. 설린은 허진을 밀치다시피 그 옆을 스쳐지나가 마현 앞에 섰다.

그런 그녀의 뺨은 이미 눈물로 범벅이 되어 있었다.

"미안하오, 설린."

"밉사옵니다, 소녀는 가가가 밉사옵니다."

설린은 이번엔 입을 가리고 펑펑 울었다.

하지만 조금 전과 달리 지금의 울음은 기쁨이 깊이 배어 있었다.

마현은 그런 설린에게 한 걸음 다가가 어깨를 부여잡고 꼭 안아주었다.

콩 콩 콩!

설린은 그런 마현의 품에 안겨 그의 가슴을 자그만 주먹으로 때리고 또 때리며 연신 흐느꼈다. 마현은 그런 설린의 고사리 같은 주먹을 피하지 않은 채 아무 말 없이 그저 따뜻하게 안아주었다.

* * *

무거운 공기가 팽배한 자금성.

그 자금성에서도 다른 곳보다 더 경비가 엄중해 발을 들여놓는 것만으로도 숨이 막힐 것 같은 곳이 있었으니, 내원에서도 가장 깊숙한 곳에 위치한 태후궁이 바로 그곳이었다.

좌탁을 앞에 두고 한 노파가 오연하게 앉아 있었다. 그 얼굴에는 세월의 흔적인 주름이 자글자글했다.

등이 살짝 굽은 이 왜소한 노파를 자금성 내에서 무시할 수 있는 사람은 아무도 없었다. 아니 이제는 그 노파의 말 한 마디에 수천수만의 목숨을 빼앗아갈 수 있는 무소불위의 힘이 실려 있었다.

그 노파는 바로 현 황제의 어머니인 황태후였다.

"어의가 들었사옵나이다, 태후마마."

"들라 하라!"

매서운 눈빛만큼이나 카랑카랑한 목소리가 그녀의 입에서 흘러나왔다.

"예이."

가냘픈 환관의 목소리에 이어 문이 열리며 체격이 좋은 사내가 안으로 들어섰다.

그는 전대 어의인 구유의 제자이자 현 자금성의 어의로 있는 치천이었다.

어의 치천은 마치 도살장에 끌려온 소처럼 낯빛이 어두웠다. 또한 살얼음판을 걷는 장정처럼 몹시 조심스러운 발걸음으로 황태후 앞으로 걸어가 대례를 올린 후 착석했다.

"어찌 되었느냐?"

황태후의 목소리는 비수처럼 날카로웠다.

"화, 황공하옵나이다."

좌불안석이 이런 것일까. 무릎을 꿇고 앉아 있던 치천이 황태후의 서릿발 같은 물음에 바닥에 납작 엎드렸다.

쾅!

그 순간 황태후의 얼굴에서 주름이 더 깊어졌다. 그녀는 급기야 주먹을 들어 좌탁을 힘껏 내리쳤다.

그 파음에 치천의 몸이 움찔거렸다.

"네놈이 그러고도 어의란 말이더냐!"

황태후는 좌탁 위에 놓인 두꺼운 책을 집어서는 치천을 향해 냅다 내던졌다.

퍽!

두꺼운 책에 얻어맞은 그의 관모(官帽)가 볼썽사납게 일그러졌다.

"기한이 이제 일주일 남았다. 내 더는 긴 말을 하지 않겠다. 일주일, 그때까지 황상을 자리에서 일으켜 세우지 못한다면 네놈의 목도 온전치 못할 것이다!"

황태후는 노기가 시퍼런 목소리로 최후 통첩을 했다.

마현이 흑풍대, 흑사신과 함께 하르센 대륙으로 차원 이동이 된 날. 황사 송겸의 자결에서 비롯된 폭발이 마현의 차원 이동만을 도운 것이 아니었다.

근처에 있던 황제에게까지 그 여파가 미친 것이다.

그 여파에 휘말린 황제는 그 자리에서 실신한 후 반사(半死) 상태에 빠져버린 것이다.

살아 있어도 살아 있는 것이 아닌, 그렇다고 딱히 죽은 것도 아닌 상태가 계속되고 있었다.

하여 황태후가 전면에 등장하며 반사 상태에 빠진 황제를 대신해 수렴청정에 들어갔다. 그런 그녀가 가장 먼저 명을 내린 것은 바로 어의 치천에게 황제를 쾌차시키라는 것이었다.

그 명을 받고 치천은 황제를 진맥했지만 아직까지 고칠 방도를 찾지 못했다.

 황제는 마치 살아 있는 사람의 몸에서 혼만 쏙 빠져나간 것처럼 눈을 뜨지 못했다. 진맥을 했지만 그 어떤 병적 증상도 찾을 수 없었다. 어의는 황제가 깨어날 수 있는 모든 방법을 다 동원해 보았지만 아무런 차도도 보이지 않았다.

 치천은 황제가 쓰러진 날 이후, 잠마저 줄이며 의학서란 의학서는 모두 훑어보았다. 하지만 그 어떤 의학서에도 지금 황제의 상태와 같은 증상은 없었다.

 게다가 처음에는 건강하게 뛰던 맥까지 날이 갈수록 힘이 빠져갔고, 이제는 그 흐름마저 점점 약해지고 있었다.

 황제가 반사 상태에 빠진 지 오늘로 40일 째.

 비록 황태후가 수렴청정을 하고 있다지만 언제까지 대전을 비워둘 수는 없는 법.

 하여 조정 중신들은 황제가 반사에 빠진 그날을 시작으로 49일 후에도 황제가 깨어나지 못한다면 대책을 세워야 한다고 의견을 모았다. 그 결과 그를 선황으로 모시고 새로운 황제를 등극시키기로 이미 잠정 합의를 본 상태였다.

 중신들의 그러한 의견은 황태후에게 전해졌다.

 아무리 수렴청정을 하고 있는 황태후일지라도 중신들의 그런 의견을 받아들이지 않을 수 없었다.

 깨어나지 않는 황제를 언제까지 붙잡고 있을 수도 없는 노릇. 자고로 황제는 만백성의 어버이가 아니던가.

그렇기에 황태후는 지금 어의 치천에게 마지막 통첩을 날린 것이었다.

치천이 창백한 얼굴로 태후궁을 나서고 얼마 후, 군부 주요 대신 4명이 들어섰다. 전군도독부 도독동지 원직과 황태후가 수렴청정을 시작하며 병부 좌시랑에서 상서가 된 장제, 그리고 죽은 조자경을 대신해 금군도독 자리에 오른 유기량, 마지막으로 황궁과 황도를 수호하는 경위지휘사사의 수장인 지휘사 황영기가 태후궁으로 들어왔다.

"어서들 오세요."

군부의 대신들이 들어서자 조금 전과 달리 황태후의 목소리는 상당히 부드럽게 변했다.

"역도들을 말살시킬 무림말살정책은 잘 진행되고 있나요?"

황태후가 수렴청정에 들어서며 가장 집중하는 일이 바로 무림말살정책이었다.

무림은 황태후에게 있어 황제인 아들의 목숨을 위태롭게 한, 아니 자칫 승하할지도 모르는 참담한 일을 벌인, 도저히 용서할 수 없는 무뢰배 집단일 뿐이었다.

그녀의 이런 정책이 힘을 받아 추진될 수 있는 배경에는 크게 두 가지 이유가 있었다.

하나는 이백 년의 유구한 역사와 삼대에 걸쳐 황사를 배출했던 대림학당 출신들 중 주요 관직에 있는 이들이 상당히 많다는 점이었다.

그들은 송겸이 죽자 기꺼이 스승이 하고자 했던 일을 암암리에 이어받은 것이다.

거기다가 이번 일을 통해 정치적 입지를 구축하려는 몇몇 군부의 인물들이 가세했다. 그 때문에 무림말살정책은 황태후의 지원에 힘을 얻어 일사천리로 진행되고 있는 것이다.

그 무리말살정책의 중심에 원직과 장제, 유기량, 그리고 황영기가 있었던 것이다.

"이틀 후, 자랑스러운 명의 군사들이 일제히 무림문파를 이 땅 위에서 지우게 될 것입니다, 태후마마."

현재 국경 수비에 필요한 군사를 제외한 전군의 칼날이 무림으로 향하고 있었다.

워낙 대규모 병력의 이동인지라 그 기간만도 한 달이라는 시간이 걸렸다.

"모든 지원을 아끼지 마세요."

"그리하겠나이다."

원직은 허리를 숙이며 대답한 후 고개를 들었다.

"태후마마."

원직은 무릎으로 기어 황태후에게로 한 걸음 다가섰다.

"무슨 일이신가요?"

"소신이 감히 태후마마께 소개시켜 드리고픈 이가 있어 오늘 함께 동행했나이다."

"본 태후에게?"

"그러하옵나이다."

"도대체 누구이기에 본 태후에게 소개시켜 주려는지 몹시 궁금하군요."

황태후의 말에 원직이 문을 향해 살짝 고개를 끄덕였다. 그러자 닫혔던 문이 열리며 자색 무복을 기품 있게 차려입은 중년의 사내가 안으로 들어왔다.

그는 바로 제갈세가의 가주 제갈묘였다.

"태후마마께 인사올립나이다. 신 제갈세가의 가주직을 맡고 있는 제갈묘라고 하옵니다."

제갈묘가 자신을 소개하자 황태후의 얼굴에서 온화하게 감돌던 미소가 싹 가셨다.

"지금 본 태후를 농락하는 것이냐?"

사근사근했던 목소리도 다시 카랑카랑해졌다.

"그런 게 아니옵니다, 태후마마."

원직이 서둘러 몸을 숙이며 고했다.

"그런 게 아니라면 어찌 본 태후 앞에 저자를 데리고 온 것이오?"

"신을 내칠 때 내치더라도 신의 말씀을 들어보신 후 내쳐주시옵소서. 태후마마."

원직은 간곡한 어조로 아뢰며 머리를 조아렸다.

"큼!"

황태후는 마땅찮은 헛기침으로 허락을 대신했다.

"감히 황제폐하의 옥체를 상하게 한 간악한 무림의 역도들을 말살하기 위한 묘수와 방도를 일전에 태후마마에게 고한 바 있습니다. 헌데…… 실은 그 제안은 신들의 머리에서 나온 게 아니옵니다. 그것은 전 무림맹의 맹주였던 제갈세가의 가주 제갈묘와, 애통하게 돌아가신 송겸 황사가 함께 머리를 맞대고 짜낸 것이옵니다."

원직의 말에 황태후의 눈동자가 살짝 커졌다.

"그게 정말이오?"

"어찌 태후마마께 거짓을 고하겠사옵니까."

그때 제갈묘가 나섰다.

"불경한 몸이오나 감히 신이 한 말씀 올려도 되겠나이까?"

황태후가 고개를 끄덕였다.

"말해 보라."

"신의 가문은 과거 촉의 군사였던 제갈공명의 후예들이옵니다."

"그러한가?"

제갈공명이 어떤 이인가?

황태후의 목소리에는 어느새 노기가 가셔 있었다.

"그러나 애통하게도 촉이 위의 손에 멸망함에 따라 제갈가의 후손들은 그 후 오랫동안 야인으로 살아야 했사옵니다. 그런 역사적 과정을 지나오며 제갈가는 시류에 휘말리게 되었고 뜻하지 않게 무림문파를 세우게 된 것이옵니다. 허나 황제폐하의 백성 된 자로 그것이 잘못된 길임을 왜 모르겠습니까. 다시 조정에 뜻을 품으려 했으나 그것만이 만사가 아님을 깨닫게 되었사옵니다. 언제 역도가 될지 모르는 무림의 폭도들을 두고 어찌 마음 편히 조정에 투신할 수 있겠나이까."

제갈묘의 달변을 듣자 황태후의 표정은 서서히 부드럽게 변해갔다.

"황제폐하 곁으로 가고 싶어도 갈 수 없었던 신의 가문을 부디 어여삐 봐주셨으면 하옵나이다, 태후마마!"

"이런. 그런 가슴 아픈 일이 있었을 줄이야."

황태후는 평생 자금성 안에서 살아온 몸.

제갈묘의 말은 궤변에 가까웠지만 그 논리의 허점을 알아차릴 수 있는 능력은 없었다. 그저 자신의 아들이자 천자인 황제의 곁으로 올 수 없어 괴로워했다는 말만이 머릿속에 깊이 각인될 뿐이었다.

"그러던 찰나, 오로지 황제폐하만 보고 살아오신 송겸 황사를 알게 되었습니다. 우리는 오로지 충정 하나로 언제 황제폐하에게 반기를 들지 모르는 저 간악한 역도들을 처단하기 위해……, 끄윽!"

제갈묘가 말끝을 흐리며 애절한 신음을 토해냈다.

"소신을 죽여주시옵소서. 황제폐하를 지키지 못한 소신을 죽여주시옵소서, 태후마마!"

제갈묘는 오열하며 바닥에 머리를 강하게 내리찧었다.

"그만 하라."

황태후의 목소리도 어느새 잠겨 있었다.

"이런 충신이 있음을 여태 몰라본 건 본 태후의 죄요, 황상의 죄다."

황태후는 잠시 소매를 들어 눈가에 맺힌 눈물을 찍었다.

"황상께서 어서 눈을 떠 그대와 같은 충신을 만나봐야 할 텐데……."

"소신이 무슨 수를 쓰든 반드시 저 간악한 무림의 세력들을 말살시키겠나이다!"

"그대의 충심이 참으로 갸륵하구나."

"황공하나이다, 태후마마."

고개를 깊게 숙이는 제갈묘의 입가에는 흡족한 미소가 지어졌다.

제9장
반사(半死)의 황제

반사(半死)의 황제

"스승님, 그런데 대전 분위기가 어찌……."

해후를 마치고 모두 자리에 앉자 마현은 마교 안팎과 대전에 드리워진 무거운 분위기에 이상함을 느끼고 물었다.

"황실에서 무림말살을 천명했다."

"……!"

마현이 눈을 부릅떴다.

"대략 5만의 황군이 마교로 진군해 오고 있다는 보고가 들어왔다. 하루 정도의 거리다."

"어, 어찌……."

마현은 자신의 귀를 의심했다.

자신이 경험한 황제는 이런 일을 벌일 위인이 아니었기에 더더욱 믿을 수 없다는 표정을 지었다.

"본교뿐만이 아니다. 수십만의 황군이 각 무림방파로 향했다는 정보가 개방에서 전해졌다."

"믿을 수 없습니다. 황제폐하께서……."

마현은 고개를 절레절레 흔들다가 자리에서 벌떡 일어났다.

"당장 황제폐하를 만나봐야겠습니다."

"앉거라, 지금은 만나려 해도 만날 수 없을 거다."

이건 또 무슨 말이란 말인가.

가도 만날 수 없다니.

허진은 마현의 심정을 이해했다.

이 땅이 아닌 다른 차원에 다녀왔으니 당연한 일이라 여겼다. 그렇다 보니 마현이 황제가 반사에 빠진 것을 모를 것이라 생각했다.

"네가 황사 송겸과 동귀어진(同歸於盡)한 걸로 알려진 그 날, 황제폐하께서는 그 여파에 휘말려 반사 상태에 빠졌단다."

마현의 눈동자가 흔들렸다.

"현 조정은 태후마마께서 수렴청정하시고 있단다."

"태후마마의 분노가 극에 달하셨다. 황제폐하가 깨어나면 모를까……."

설관악이 허진의 설명을 이었다.

"휴우, 하지만 그런 바람도 이제 기댈 수 없을 거 같구나."

야율초재의 한숨이 다시 그 뒤를 이었다.

생각했던 것보다 훨씬 상황이 안 좋았다.

당연히 마현의 얼굴에는 고심이 묻어날 수밖에 없었다.

"무림맹과 연계를 하지 않았습니까?"

"제갈묘에 의해 사분오열된 무림맹이다. 이제는 서로가 서로를 믿지 못하는 형국이니 무림맹이 유지될 리가 있겠느냐? 걸왕께서 어떻게든 무림맹의 이름으로 정파들을 모으려고 한다만 쉽지 않은 모양인 것 같구나. 뒤늦게 몇몇 정파들이 힘을 합쳤다지만······."

대략적인 설명만으로도 마현은 정파 쪽이 어떻게 흘러가는지 대충 짐작할 수 있었다.

암투와 배신이 끊임없이 난무했던 무림맹.

그렇다 보니 서로 믿고 등을 맡길 수 없는 상황이 되어버린 모양이었다.

풍전등화.

그야말로 바람 앞에 촛불이 아닌가.

황실와 대명제국의 황군이라는 거대한 바람 앞에 무림은 언제 꺼질지 모를 미약한 불씨만을 안고 있는 셈이다.

'모든 일이 마무리가 되었다고 여겼거늘.'

마현의 마음도 무거워졌다.

이제 마현에게 있어 이곳 중원은 고향이나 마찬가지이다.

'무슨 일이 있어도 지켜야 한다!'

마현의 눈빛이 굳어졌다.

그때 무영각주 마충이 안으로 들어왔다.

'주군!'

마충은 금세라도 눈물이 치솟을 것 같은 눈동자로 마현의 무사 생환을 감격해했다. 하지만 이제 공식적이든 사적이든 마현의 개인 수하가 아닌 그는 그렇게 눈빛만으로 자신의 감정을 전달했다.

마현도 그런 마충을 향해 밝은 미소를 지으며 고개를 살짝 끄덕여줬다.

"공 군사님."

마충은 짧은 해후로 아쉬운 마음을 달래며 서둘러 공효에게 다가갔다.

"무슨 일이냐?"

"방금 개방에서 급한 전서가 도착했습니다."

"급한 전서?"

"제갈묘가 자금성에 모습을 드러냈다고 합니다."

"뭣이야?"

공효는 너무 놀라 그만 큰 소리로 반문했다.

"그와 동행한 이들이 이번 무림말살정책을 실질적으로 이끄는 전군도독부 원직, 병부상서 장제, 무림토벌군 대장군을 맡은 유기량, 경위지휘사사의 지휘사 황영기라고 합니다."

"어쩐지 황군의 움직임이 빠르게 무림의 요충지를 세세히

파고든다 했더니……, 빠드득!"

공효는 다른 이들과 함께 있다는 것도 잊어버린 듯 이를 박박 갈았다.

쾅!

야율초재가 두꺼운 탁자를 강하게 내려쳤다.

"이런 찢어 죽여도 시원찮은 놈을 봤나!"

"마 각주."

"예, 소……. 흑풍마군님."

마충은 저도 모르게 '소교주'라는 단어를 입에 담으려다가 서둘러 말을 바꿨다.

그 반응에 사공찬의 얼굴이 무겁게 굳어졌다.

"걸왕께서는 지금 어디 계신가?"

"현재 북경 개방 분타에 계십니다."

"알겠네."

마현은 자리에서 일어났다.

"스승님. 일단 걸왕님을 먼저 찾아뵌 후, 황제폐하께 가보겠습니다."

"알겠다."

허진은 고개를 끄덕였다.

"마 각주, 조금도 지체할 시간이 없으니 지금 당장 흑풍대를 소집해주게."

현재 마현과 함께 귀환한 흑풍대 열 명은 그동안 떨어져 있었던 나머지 흑풍대원들과 따로 해후를 나누고 있었다. 물론 흑사신과 함께.

"알겠습니다, 흑풍마군님."

마충은 서둘러 대전을 빠져나갔고, 마현은 다른 이들과 간단히 인사를 한 후 자리에서 일어났다. 그런 그를 따라 설린도 함께 일어났다.

"저도 함께 가겠어요."

설린의 목소리는 확고했다.

마현은 그런 설린의 뺨을 살짝 어루만졌다.

"금방 다녀오리다."

마현의 말에 설린은 불안함이 가득한 얼굴을 세차게 옆으로 흔들었다.

"린아."

그런 설린을 설관악이 나직하게 꾸짖었다.

"무사히 다녀오게."

"다녀오겠습니다."

마현은 설관악에게 허리를 깊게 숙였다. 그런 후 설린의 손을 잡고 가볍게 토닥거렸다.

지금의 급박한 상황은 그들에게 여유로운 해후의 시간을 주지 않았다. 하지만 상황이 상황인지라 모든 것을 감내할 수밖에 없었다.

"조심히 다녀오세요."

설린은 그렇게 울음기가 살짝 배인 목소리로 인사를 하며 마현의 손을 놓아주었다.

마현은 서둘러 대전을 빠져나갔다.

그가 향한 곳은 자신의 거처이자 흑풍대가 머무는 흑풍전이었다. 마현은 흑풍전에 들려 깔끔한 묵빛 무복으로 갈아입은 뒤, 흑풍대가 대기하고 있을 흑풍각으로 향했다.

"주군!"

흑풍각으로 들어서자 대형 연무장에 이미 흑풍대가 통일된 흑색 무복에 완전무장을 한 채 마현을 기다리고 있었다.

"이렇게 다시 보게 되어 반갑다."

무뚝뚝하지만 진심이 담긴 목소리.

"주군을 다시 만나니 저희도 감개무량합니다!"

"역시 너희들에게는 무복이 가장 잘 어울리는군."

마현은 흑색 무복으로 갈아입은 왕귀진을 비롯해 하르센 대륙에서 함께한 열 명의 흑풍대를 둘러보며 담담한 미소를 지어 보였다.

"주군도 무복이 가장 잘 어울리십니다."

왕귀진이었다.

"해후의 술 한 잔은 나중으로 미루겠다. 이렇게 만나자마자 다시 피비린내 나는 전장으로 너희들을 이끌고 가게 되어 진심으로 미안하게 생각한다."

"아닙니다!"

"주군과 함께라면 어느 곳이든 상관없습니다."

마현은 고개를 끄덕인 후 그들과 함께하고 있는 흑사신을 쳐다보았다.

"우리도 준비 끝!"

흑도가 하얀 이를 드러냈다.

벌써부터 몸이 근질근질한 모양이었다.

"출전한다!"

마현의 명이 떨어졌다.

"명!"

"명!"

흑풍대와 흑사신은 힘찬 목소리로 복명했다.

*   *   *

북경 개방 분타.

"그놈이 살아 있을 줄이야!"

걸왕은 노기에 의해 붉어진 얼굴을 부들부들 떨었다.

"일이 더 어렵게 되었습니다, 아미타불!"

걸왕과 함께 자리하고 있던 소림의 방장, 혜공이 답답한 목소리로 불호를 읊었다.

"문전박대를 당한 이유가 설마 그것 때문이었을 줄이야. 허어, 이를 어쩐단 말인가……, 무량수불."

혜공 옆에 앉아 있던 청하진인이 조용히 눈을 감았다.

황제가 반사에 빠진 날.

무림맹 내 싸움이 끝난 후 제갈묘의 시신은 어디에서도 찾을 수 없었다. 다만 불에 타 신원을 확인할 수 없는 시신 가운데 제갈묘로 짐작되는 옷을 입은 이가 발견됐을 뿐이다.

모두가 찜찜한 마음이었지만 자의 반, 타의 반으로 제갈묘의 죽음을 받아들였다. 그리고 제갈세가가 감쪽같이 세상에서 모습을 감췄다. 역시 그것도 찜찜했지만 그저 초야에 은둔했을 것이라 여겼던 것이다.

그래도 후환이 두려워 몇몇 문파가 그들의 뒤를 쫓았지만 허사였고, 다시 몇몇 문파가 나서려 했지만 곧 청천벽력 같은 무림말살의 명이 황실에서 반포되어 버린 것이다.

"못난 놈들!"

걸왕은 모래알처럼 뿔뿔이 흩어진 과거 무림맹 소속 정파 무가들을 떠올리며 못마땅한 기색을 드러냈다.

"지금쯤 모두 후회하고 있을 겁니다, 아미타불."

"흥! 그러면 뭐 해? 코앞까지 황군이 들이닥쳤는데. 제아무리 무인이라고 해도 황군의 벽력탄과 화포를 감당할 수 있을 거 같아? 에잉!"

걸왕은 아무 잘못도 없는 혜공에게 괜히 신경질을 퍼부었다. 사실 무림의 정파 가운데 그나마 가장 걱정이 덜한 곳이 지금 모인 이 세 문파였다. 소림사, 무당파, 개방.

제아무리 황실이라고 해도 민초들의 인심을 얻고 있는 종교의 성지 소림사와 무당파만은 무조건 황군으로 밀어버릴 수 없었다.

그렇기에 황실에서는 소림사와 무당에 소속된 승려와 도인들의 단전을 폐하고, 모든 무공서를 불태워 없애라는 황명만 내려온 것이다.

또한 개방은 거지들이 모여서 만든 방파다.

수만, 수십만의 황군이라고 해도 이 땅에 존재하는 거지들을 모두 없앨 수는 없다. 그렇기에 개방 총타와 분타만을 노리고 있었던 것이다.

"이대로 아무것도 못하고 무림이 멸망하는 것을 보고만 있어야 한단 말인가?"

걸왕은 나직하게 탄식했다.

'응?'

걸왕은 반쯤 무너진 벽을 통해 분타 마당 한구석에서 갑자기 나타난 검은빛을 보았다.

쿵쿵쿵쿵쿵!

순간 그의 가슴이 마구 요동치기 시작했다.

'서, 설마!'

걸왕이 아는 상식에서 저런 빛을 자유자재로 부릴 수 있는 이는 오직 한 명.

걸왕은 급히 자리에서 일어났다.

"무슨 일이십니까?"

혜공과 청하진인도 함께 자리에서 일어나며 놀란 얼굴로 물었다. 걸왕은 그들의 질문에 대답도 하지 않고 부서진 벽면을 통해 마당으로 뛰어나갔다.

검은빛이 사그라지고 다수의 검은 그림자가 개방 분타 마당에 모습을 드러냈다.

걸왕이 눈을 부릅떴다.

검은 그림자들이 순간 형상을 갖추더니 그 선두에 서서 걸왕을 향해 웃고 있는 이의 얼굴이 눈에 들어온 것이다.

"이, 이놈! 갈아 마셔도 시원찮을 놈!"

걸왕의 눈에 눈물이 핑 돌았다.

"흑풍마군?"

걸왕의 뒤를 쫓아 밖으로 나온 청하진인 역시 놀란 듯 눈을 치켜떴다.

"잘 계셨습니까?"

마현은 능글맞은 표정을 지어 보였다.

"이, 이노옴!"

걸왕은 몸을 부들부들 떨었다.

화가 난 듯한 표정이었지만 그의 뺨에는 곧 눈물이 주르르 흘러내렸다.

"살아 있었던 것이냐?"

목소리도 어느새 잠겨 있었다.

"그동안 강녕하셨습니까?"

마현은 몸을 살짝 틀어 청하진인과 혜공에게 포권을 취했다.

"이상하게 천기가 밝다 했더니……, 마 시주가 살아 있어서 그랬구려. 아미타불."

혜공은 기쁜 기색을 담담한 표정으로 감추며 반장을 취했다.

"지랄한다. 천기는 무슨, 조금 전까지만 해도 한숨만 푹푹 내쉬던 화상이."

걸왕이 그런 혜공을 비꼬았다.

심통이 가득한 목소리다.

애꿎은 화풀이가 혜공에게 쏟아진 것이다.

"허허허, 아미타불."

혜공은 그저 담담한 웃음으로 걸왕의 말을 받아넘겼다.

"일단 안으로 들어가자. 네놈도 들어오너라, 커험!"

그렇게 마현과 걸왕, 혜공과 청하진인이 다시 안으로 들어왔다. 그 자리에서 마현은 좀 더 상세하게 현재의 상황을 전해 들을 수 있었다.

"결국 남은 시간은 이틀밖에 없다는 소리군요."

"그렇지. 짧으면 이틀, 길면 사흘."

한곳에 집중되어 있는 마교와 달리 정파는 중원 곳곳에 퍼져 있기 때문에 황군의 이동 시간이 하루 정도 더 걸린다고 했다.

집결 후 바로 공격하지 않고 전의를 다지며 하루쯤 휴식을 한다면 하루를 더 벌 수 있다는 뜻이기도 했다.

"일단 황제폐하를 만나봐야겠습니다. 상태가 어떤지도 알아봐야겠구요."

"하지만 어떻게……."

걸왕은 의문이 담긴 질문을 하다가 무릎을 탁 쳤다.

딱!

"그렇군. 네놈에게는 이 이상한 능력이 있었지."

마현은 미소를 지으며 자리에서 일어났다.

"시간이 없으니 당장 움직이겠습니다. 그사이 걸왕께서는 모든 개방의 제자들을 풀어 제갈묘의 행방을 찾아놓으십시오."

"그리하겠네."

마현은 걸왕의 대답을 들은 후 곧바로 그 자리에서 자금성으로 텔레포테이션 마법을 펼쳤다.

* * *

황제의 침전인 건청궁.

그의 신변을 보호하고 있는 사방신의 수장 청룡은 모습을 감춘 채 미약한 숨결을 내쉬고 있는 황제를 내려다보며 슬픈 눈빛을 띠었다.

청룡은 황실 십대고수인 만큼 황제가 서서히 죽어가고 있음을 누구보다 민감하게 느끼고 있었다. 어쩌면 조정에서 내놓은 49일의 말미마저 채우지 못하고 죽을 수도 있었다.

청룡이 입술을 살짝 벌리고 무거운 한숨을 내쉬려는 바로 그때였다.

그의 눈썹이 곤두섰다.

예기가 담긴 청룡의 시퍼런 눈빛이 황제가 누워 있는 침실 앞으로 향했다. 인기척도 없었건만 어느새 황제의 침소를 범한 이가 있었던 것이다.

침소를 살필 수 있는 사방에서 살을 베는 듯한 살기가 스멀스멀 흘러나왔다.

청룡을 비롯한 사방신의 살기였다.

그때 청룡의 손이 살짝 올라갔다.

황제 앞에 모습을 드러낸 이는 청룡도 익히 알고 있는 얼굴이었다. 그는 바로 마현이었던 것이다.

『멈춰라!』

그의 전음이 사방신에게 전해졌다.

『오랜만이오.』

마현은 청룡이 몸을 숨기고 있는 곳으로 고개를 돌려 포권을 취했다.

청룡이 마현 앞에 모습을 드러냈다.

어차피 숨어 있어 봐야 마현이 자신을 볼 수 있음을 알고 있었다. 또한 이제껏 황제의 곁을 지켜온 바로는 적어도 지금 마현은 그가 믿을 수 있는 몇 안 되는 인물이었기 때문이다.

『죽었다고 들었소.』

청룡의 전음이 무겁게 흘러나왔다.

『덕분에……..』

마현은 옅은 미소를 지으며 고개를 살짝 끄덕였다.

『살릴 수 있겠는가?』

청룡은 고개를 돌려 황제를 쳐다보았다.

『장담은 못하겠지만……, 그러려고 왔소.』

마현은 청룡을 지나쳐 황제 앞으로 다가가 가부좌를 틀고 앉았다.

『……꼭, 꼭 살려주시오.』

마현이 대답 대신 고개를 끄덕였고, 청룡은 그 자리에서 연기처럼 다시 사라졌다.

"후우."

마현은 깊게 숨을 들이마신 후 황제를 내려다보았다.

허진과 걸왕에게서 전해들은 것처럼 황제는 잠이 든 상태로 서서히 죽어가고 있었다. 겉으로 보기에는 그랬다.

마현은 마기를 끌어올렸다.

일단 투시 마법으로 황제의 몸을 관조했다.

황제의 몸에는 아무 이상이 없었다.

다만 급격히 원기가 빠져나가면서 생기를 잃어가고 있을 뿐이었다.

'무엇이 문제일까?'

마현은 자신의 특기이자 하나의 능력인 혼을 살펴보기로 마음을 먹었다.

 황제의 몸을 살핀 결과 별다른 이상이 없으니 남은 것은 정신, 즉 그의 혼밖에 없었기 때문이다.

 마현의 마기가 눈으로 스며들었다.

 잠시 감겼던 마현의 눈이 다시 부릅떠지자 그의 눈동자는 회색으로 변해 있었다. 사기가 가득한 마현의 사안(死眼)은 황제의 몸을 꿰뚫었다.

 마현의 눈동자가 급격히 커졌다.

 죽은 듯이 누워 있는 황제의 몸 위에 또 한 명의 황제가 있었으니, 바로 육신을 벗어나 구천을 떠도는 혼령이었다. 마현의 짐작대로 황제는 어둠의 신, 키야의 개입과 동시에 그 절대적인 힘의 여파로 육신과 이어주는 끈이 끊어져 혼이 이탈해 버린 것이다.

 황제의 혼령은 체념이 가득한 쓸쓸한 눈빛으로 자신의 육신을 내려다보고 있었다.

 마현은 급히 마기를 온몸으로 돌렸다.

 그리고 입이 열렸다.

 『폐, 폐하.』

 인간의 음성이 아닌 죽은 자만이 들을 수 있는 혼령의 목소리였다.

 그 목소리에 황제의 혼령이 아지랑이처럼 흔들렸다. 황제의 혼이 놀라 움찔한 것이다.

황제는 구름처럼, 혹은 풍선처럼 둥실 자리에서 떠서 마현 앞으로 다가왔다.

『짐이 보이는 것이냐? 짐의 목소리가 들리는 것이냐?』

황제의 눈에서 체념이 사라지고 그 자리에 한 줄기 희망이 들어섰다.

마현에게 건네는 그 목소리는 애절했다.

마현은 고개를 끄덕였다.

『보이옵니다. 아주 잘 보이옵니다.』

마현은 자리에서 일어나 뒤로 한 걸음 물러나며 황제를 향해 엎드렸다.

『보는구나. 정녕 나를 보는구나. 그래 너라면, 너라면 짐을 볼 수 있었던 게야.』

울음이 가득한 목소리.

하지만 혼령인 그의 눈에서 눈물은 흐르지 않았다. 아니 혼령은 눈물을 흘리지 못하는 존재였다.

『왜 이제야 왔느냐? 왜 이제야 왔어!』

황제는 마현을 꼭 안으려 했다. 하지만 그의 몸은 허망하게 마현을 몸을 지나쳤다.

『죄송합니다, 폐하. 신 조금 먼 곳을 다녀오느라 늦었사옵니다.』

『과연 내 눈이 틀리지 않았던 것이로구나. 보았느니라, 짐은 보았느니라. 어두운 빛 속에서 신으로 짐작되는 존재가 너를 부르는 것을······.』

반사(半死)의 황제 273

황제는 어둠의 신 키야를 본 모양이었다.

또한 오랜 시간 혼령으로 떠돈 것이 쓸쓸했는지 상당히 수다스러워졌다.

『폐하, 황공하오나 시간이 그리 많지 않사옵니다. 인간의 혼이 육신과 떨어져 중천(中天)에 머물 수 있는 날은 49일이옵니다. 신이 폐하를 보았을 때 49제의 날이 다 되어가는 듯하옵나이다. 당장 폐하의 혼령을 육체에 넣고 싶지만 먼저 급히 아뢰올 말이 있습니다. 그 말을 전한 후 폐하의 혼을 육체에 넣어드리겠나이다.』

황제의 눈이 화등잔처럼 크게 떠졌다.

마현의 말이 믿기지 않는 듯 황제의 눈동자는 몹시 요동쳤다.

『그럴 수 있느냐? 정녕 그리될 수 있더냐?』

『그러하옵나이다! 지금 신이 먼저 말씀을 올리려는 이유는 혼이 육신에 들어가면 반나절 정도 흐른 후에야 의식을 차릴 수 있기 때문이옵니다. 그 후에도 상한 원기가 복원되려면 족히 몇 달은 걸리옵나이다. 그런 상황에서는 지금 닥친 일을 이해하기 어려우실 테니 신이 지금 먼저 말씀을 올리겠나이다.』

마현의 말에서 황제는 자신이 이렇게 된 이후 뭔가 큰 일이 터졌음을 깨달았다.

『그래, 무어냐?』

황제의 목소리도 전처럼 근엄해졌다.

『현재 무림은…….』

마현은 자신이 무림을 떠나고, 동시에 황제의 혼이 육신과 떨어진 날부터 무림말살정책이 시작되었고, 그로 인해 무림이 황군의 칼날 앞에 풍전등화와도 같은 신세로 전락했음을 상세하게 알렸다.

『어마마마께서?』

잠시 놀란 듯한 표정이었지만 황제는 이내 평정심을 되찾았다.

『그럴 만도 하실 분이시다. 어마마마께서는 평생 짐 하나만 바라보고 살아오셨던 분. 하지만 그 때문에 역사에 큰 오명을 안겨드릴 수는 없는 법. 짐이 정신을 차리는 즉시 그 일부터 해결하겠다.』

『성은이 망극하나이다!』

마현은 머리를 깊게 조아렸다.

『허나 짐이 깨어나기까지 시간이 든다 하니 그대가 해결할 수 있는 일은 먼저 해결해 놓도록 하라.』

『감사하옵나이다.』

마현은 엎드렸던 몸을 일으켜 세웠다.

『약간의 충격이 있을 것이옵니다. 심지를 굳건히 해주시옵소서.』

『그깟 충격이 대수겠느냐! 하거라!』

황제는 눈을 질끈 감고 입을 굳게 다물었다.

그 어떤 고통이나 충격이 와도 감내하겠다는 의지가 엿보였다.

『그럼 시작하겠나이다!』

마현의 몸에서 사신 키디악의 기운인 사기가 뿜어져 나왔다. 그 기운은 용풍권처럼 휘몰아쳐 황제의 혼령을 휘감았다.

『큭!』

황제의 입술 사이에서 신음이 흘러나왔다.

마현의 눈에서 사기가 황제를 향해 폭사되었다.

지금 마현이 시전하려는 마법은 과거 흑사신에게 신체를 줄 때 사용했던 바로 그 마법이었다.

강제로 혼을 육체에 집어넣는 일이기에 큰 고통이 수반되는 마법이기도 했다.

『으윽!』

황제의 고통스런 신음에도 마현은 아랑곳하지 않고, 그의 혼령을 육신, 그중 백회혈로 밀어 넣었다.

강제로 황제의 혼령이 육신에 들어가자 마현의 사기가 황제의 몸 위에 엄습했다.

"허억!"

황제의 육신이 눈을 부릅뜨는 것과 동시에 몸이 활처럼 휘어지며 부들부들 떨렸다. 마현의 사기가 황제의 육신과 혼을 어루만지자 그의 피부는 검게 물들었고, 붉은 핏줄은 푸르게 변색되었다.

그때 지붕 위의 공기가 바뀌었다.

사방신의 살기였다.

『그대들은 폐하가 죽기를 바라는가?』

마현의 일갈에 살기가 사라졌다.

그로부터 얼마 후, 황제의 몸이 정상으로 돌아왔다.

황제의 몸은 끈적끈적한 땀으로 범벅이 되어 있었다. 마현 또한 황제와 별반 다름없이 무복이 땀에 흥건히 젖어 있었다.

마지막으로 마현은 사안으로 황제의 몸을 살폈다.

"휴우."

그리고는 안도의 한숨을 내쉬었다.

『시간이 얼마나 흘렀지?』

마현은 청룡을 향해 전음을 날렸다.

『한 시진 반.』

짧고 탁한 청룡의 전음.

'한 시진 반이라……'

마현은 '끙' 앓는 소리를 내뱉으며 자리에서 일어났다.

『청룡.』

『……』

『폐하께서는 대략 6시진 후면 깨어날 것이오. 일단 궁녀를 시켜 몸을 좀 닦아주시오. 아울러 넷이 돌아가며 하루에 2시진 정도씩 추궁과혈로 원기를 다스리면 더욱 빨리 자리를 털고 일어나실 수 있을 것이오. 물론 원기를 다스리는 약재도 함께 처방하면 더 좋고.』

마현의 전음을 듣고 천장에서 청룡이 내려와 모습을 드러냈다.

『그 말이 사실인가?』

『이 상황에서 내가 농이나 나눌 위인으로 보이시오?』
청룡의 눈동자가 떨렸다.
그는 마현을 향해 깊게 허리를 숙였다.
『고맙소.』
『고맙기는……, 나도 살자고 한 일일 뿐이오. 그럼!』
번쩍!
마현은 텔레포테이션 마법을 이용해 단숨에 자금성을 떠났다.

* * *

자금성에서 개방 분타로 돌아온 마현은 곧바로 운기조식에 들어갔다.

황제의 혼령을 육신에 안착시키느라 생각 이상으로 마력을 소모한 까닭이었다.

날이 저물어 어둑어둑해진 초저녁.
마현이 운기조식을 마치고 눈을 떴다.
"기다렸다, 이놈아!"
계속 호법을 서 주었던 걸왕이 반색을 하며 다가왔다.
"찾았다."
"……!"
"쥐새끼처럼 잘도 숨어 있었더구나, 낄낄낄."
걸왕은 차가운 눈빛으로 웃었다.

"어딥니까?"

"북촌."

"북촌이라 하시면……."

"개방의 이목이 유일하게 닫지 않는 곳이 세상에 두 곳 있는데, 그중 하나지."

개방의 이목이 닫지 않는 두 곳.

한 곳은 자금성이었고, 다른 한 곳이 바로 북경 북촌이었다.

북촌은 고관대작들이 모여 사는 지역으로, 어지간한 이들은 발걸음도 옮기기 어려운 곳으로 유명했다.

"오늘 자금성으로 여러 대신들과 함께 입궐하는 것을 보고 혹시나 싶어 뒤져 보니 그곳에 숨어 있더구나."

과연 제갈묘다운 생각이었다.

마현은 부서진 벽 사이로 어둑해진 밤하늘을 보았다. 그리고는 차가운 미소를 지으며 자리에서 일어났다.

"지금?"

"그런 놈을 죽이기에는 이런 밤이 더 좋습니다."

"나도 가마!"

걸왕도 나섰다.

"대명호국대마장군이 나서는데 대명호국대정장군이 나서지 않으면 말이 안 되지요."

"그런가? 그렇군! 하하하하하!"

걸왕은 이제껏 잊고 있던 명예관직을 떠올리며 크게 웃음을 터트렸다.

"혜공대사와 청하진인이 안 보이는군요."

"귀찮아서 돌려보냈다. 어차피 그놈들 있어 봐야 도움이 될 것도 없고."

"그렇군요."

마현은 고개를 끄덕이며 건물을 빠져나왔다.

"흑풍대, 흑사신."

마현은 마당에서 옹기종기 모여 있는 흑풍대와 흑사신을 집결시켰다.

"가자, 감히 본교를 농락하려 든 제갈묘의 하찮은 목줄을 끊으러!"

"명!"

"명!"

짧고 우렁찬 복명과 함께 흑풍대와 흑사신은 마현과 걸왕을 뒤따라 조용히 개방 분타를 벗어났다.

제10장

흑풍마황

흑풍마황

쪼르르르.

술잔에 술이 담겼다.

제갈묘는 술잔을 들어올렸다.

"자 다들 한 잔 하자구나."

푸짐하게 상이 차려진 식탁에는 제갈묘를 비롯해, 현재 가주 자리에서 물러나 총관 자리에 오른 제갈휘, 제갈세가의 장녀인 제갈영영, 그리고 소가주 제갈문이 함께 자리하고 있었다.

"아버지."

제갈영영은 잔을 들지 않은 채 제갈묘를 불렀다.

"왜 그러느냐?"

"약속 잊지 않으셨겠죠?"

제갈묘의 얼굴에서 기분 좋은 미소가 사라지며 불편한 기색이 감돌았다. 하지만 그는 곧 웃음을 활짝 지어 보였다.

"암, 그리하마. 남궁가의 식솔들은 살려주겠다. 천하를 손에 넣는데 그 정도를 못 들어줄까."

"고마워요, 아버지."

제갈영영은 그제야 웃음을 보이며 술잔을 들어올렸다.

"녀석."

제갈묘는 만면에 자애로운 웃음을 띠며 제갈영영을 쳐다본 후 얼굴을 찌푸리고 있는 제갈문에게 고개를 돌렸다.

"너는 또 뭐가 그리 못마땅해서 그리 인상을 쓰느냐. 쯧쯧쯧."

제갈묘는 제갈문을 보며 혀를 찼다.

"갑갑해 죽겠습니다."

제갈문의 짜증 어린 목소리를 듣자 제갈묘는 미간을 살짝 찌푸렸다.

"형님, 우리야 유유자적하는 이런 생활도 좋지만 문이야 아직 혈기왕성할 시기가 아닙니까?"

"큼!"

제갈묘는 술잔을 탁자 위에 탁 내려놓으며 제갈문을 쳐다보았다.

"도대체 언제까지 이렇게 숨어 지내야만 하는 겁니까?"
"문아!"
제갈묘는 근엄한 목소리로 제갈문을 불렀다.
"예, 아버지."
"사내란 자고로 큰일을 하기 위해서는 몸을 바짝 엎드릴 줄도 알아야 하는 법이다."
그 훈계에도 제갈문의 찌푸린 얼굴은 좀처럼 펴지지 않았다.

중원이 좁다 하며 마음껏 활개를 치고 다녀도 성이 안 찰 나이에 이렇게 숨어 있게 한 것이 마음에 걸린 건지, 아니면 미워도 자식이라고 모든 면에서 너그러워질 수밖에 없는 게 아비의 마음인지, 그건 모를 일이었다. 제갈묘는 더 훈계를 늘어놓는 대신 웃음을 지으며 말했다.

"문아, 모레다. 모레만 지나면 천하가 우리 가문에게 무릎을 꿇을 것이다."
"정말입니까?"
그 말에 제갈문의 얼굴이 활짝 펴졌다.
"그렇다. 그러니 다들 한 잔씩 들자구나. 천하를 굽어볼 세가를 위해서!"
제갈묘는 단숨에 술잔을 털어 넣었다.
"크으, 좋구나, 좋아!"
제갈묘는 무릎까지 탁 치며 흥겨워했다.

남들은 비겁하다고 뒤에서 욕을 하겠지만 그런 평판 따위에는 신경을 쓰지 않았다. 역사는 결국 승자의 것이 아닌가. 어쨌든 끝까지 살아남는 자가 승자다. 제갈묘의 눈은 강렬한 의지와 더불어 승리에 대한 확신으로 붉게 물들어 있었다.

다시 술잔을 들던 제갈묘의 손이 문득 멈추었다.

그의 몸을 스치고 지나가는 기의 파장 때문이었다.

아니나 다를까.

콰광!

그때 정문이 부서지는 파음이 들려왔다.

"주, 주인 어르신. 웬 괴한들이……."

곧이어 한 노비가 사색이 된 얼굴로 헐레벌떡 뛰어 들어왔다.

* * *

크그그극!

흑풍대의 다크나이트와 다크스켈레톤들이 어둠에서 모습을 드러내며 조용하고 은밀하게 제갈묘의 아담한 장원을 완전히 에워쌌다.

"완벽히 포위했습니다."

왕귀진의 명에 마현은 고개를 끄덕였다.

"흑사신은 사방을 지켜라. 워낙 여우같은 놈이니 무슨 짓을 벌일지 모른다."

"명!"

흑사신은 허공답보의 수로 허공을 격해 사방으로 흩어졌다.

"이제 들어갈까요?"

마현은 장원의 정문 앞으로 걸어갔다.

그리고는 냅다 정문을 발로 걷어찼다.

콰광!

굵고 단단한 나무로 만들어진 정문이 마치 수수깡처럼 힘없이 부서졌다.

정문의 전재만 남은 기둥 사이로 마현은 느긋하게 걸음을 옮겼다.

"괴, 괴한이다!"

느긋하게 장원 안으로 들어서자 하인들과 하녀들이 혼비백산해 비명을 지르며 사방으로 흩어졌다.

그리고 몇 걸음 내딛을 때 찌르는 듯한 살기가 마현과 걸왕을 덮쳤다.

바로 제갈세가의 직계로 꾸려진 전투부대인 대천대(大天隊)였다.

열다섯 명으로 구성된 대천대는 아무런 기척도 없이 마현을 향해 검을 뿌렸다.

"훗!"

마현은 나직하게 비웃음을 터트렸다.

그들의 존재는 이미 간파한 마현이었다.

마현은 뒷짐도 풀지 않은 채 자신을 덮쳐오는 대천대를 향해 마기를 폭사시켰다.

"홀드!"

저서클의 가벼운 마법.

하지만 8서클의 마기가 담기자 무시할 수 없는 상위 마법으로 변했다.

"큭!"

"컥!"

마현의 머리 위에서 짧은 신음이 연이어 터져 나왔다.

쿵 쿵 쿵 쿵 쿵!

열다섯 명의 대천대원들이 마치 석상처럼 굳어져 떨어졌다.

'이, 이놈!'

그 모습에 정작 눈빛이 흔들린 이는 걸왕이었다.

이제는 도무지 끝이 짐작이 되지 않을 정도로 엄청나게 강해져서 돌아온 것이다.

마현은 그들을 지나쳐 안채로 향했다.

콰직— 퍼벙!

장원 마당에서 안채로 향하는 문이 저절로 폭발하듯 부서졌다. 마현은 그 문을 통해 안채로 들어섰다.

"이렇게 다시 보니 반가운 마음이 드는군."

마현은 잔뜩 굳어 있는 제갈묘를 보며 하얀 이를 드러냈다.

"네, 네놈은?"

제갈묘의 목소리가 몹시 흔들렸다.

"대천대, 대천대는 어디 있느냐?"

제갈묘는 고개를 젖혀 소리쳤다.

하지만 이미 마현에게 제압당한 뒤였다. 제갈묘의 호출은 무의미한 외침일 뿐이었다.

곧 제갈묘는 마현의 싸늘한 웃음을 듣고 대천대가 이미 그의 손에 꺾였다는 것을 알아차렸다.

정문이 부서지고, 안채로 들어서는 작은 문이 부서지기까지 걸린 시간은 불과 1분 남짓. 아무리 마현이 강해도 대천대는 제갈세가의 정예들을 모아 만든 전투부대였다.

도저히 믿을 수 없는 상황.

하지만 그렇다고 믿지 않을 도리도 없었다.

"형님, 피하십시오!"

제갈휘가 검을 뽑아들며 앞으로 나섰다.

"영영아, 문아. 어서 가주님을 뫼시고 이 자리를 피하거라! 어서!"

제갈휘는 이를 악물며 마현을 향해 몸을 날렸다.

"흐아압!"

일갈을 터트리며 날아온 제갈휘의 검이 검은 빛살처럼 마현을 엄습했다.

'느려!'

하지만 마현의 눈에는 너무나도 느린 모습.

마현의 손을 통해 뻗어나간 마기는 제갈휘의 몸통을 감싸고, 팔다리와 목을 움켜잡았다.

염력 마법이었다.

"크으으!"

제갈휘는 염력 마법에서 벗어나고자 몸부림쳤지만 그의 뜻을 이루기에는 마현의 마력이 너무나도 강했다.

마현은 제갈휘를 향해 뻗어 있는 손을 오므렸다.

그러자 그 손에 제갈휘의 몸통과 목, 팔다리를 포박하고 있는 마기가 그의 몸을 강하게 틀어쥐었다.

"커헉!"

감당할 수 없는 압력에 제갈휘는 몸을 부르르 떨며 신음을 흘렸다.

창그랑.

이어 강하게 움켜잡고 있던 검마저 힘없이 떨어뜨려야 했다.

처음에는 죽이려 했지만 마현은 순간 생각을 바꿨다.

피가 흥건한 수급을 가지고 황제를 찾아가는 건 불경이란 생각이 들어서였다.

마현은 팔을 옆으로 휘저었다.

휘이익.

그 움직임에 따라 제갈휘의 신형이 옆으로 밀리듯 날아가 안채를 감싸고 있는 벽과 부딪혔다.

콰르르르!

결국 짐짝처럼 날아간 제갈휘는 벽을 무너트리며 바닥에 쓰러졌고, 충격을 이기지 못하고 바로 정신을 잃어버렸다.

"히익!"

제갈묘는 그 모습에 기겁성을 터트리며 자신의 검을 안채 바닥 중앙에 내리꽂았다.

우우우웅.

상당한 파동과 함께 안채가 마치 신기루처럼 사라졌다.

"이런!"

그 광경에 뒷손 놓고 구경만 하던 걸왕이 얼굴을 구기며 빠르게 다가갔다.

"진법을 생각지 못하고 있었다니."

걸왕은 자신의 머리를 쥐어박으면서 자책했다.

"괜찮습니다."

마현은 걸왕의 어깨를 가볍게 두드린 뒤 앞으로 나섰다.

그의 눈은 마기로 가득 차 있었다.

투시 마법에 의해 제갈묘의 진법으로 생긴 허상은 사라지고 안채가 모습을 드러냈다.

"호오!"

마현은 가볍게 감탄사를 터트렸다.

허상 속에 살상력을 갖춘 기문이 안채 곳곳에서 모습을 드러낸 까닭이었다. 아마 이 진법 속에 발을 들였다가는 허상에 이끌려 죽음을 당할 것이 분명했다.

하지만 그건 어디까지나 진법에 휘말렸을 때의 문제다.

마현은 굳이 진법을 파훼하지 않아도 되었다.

그렇게 마현이 잠시 진법에 감탄하고 있을 때 진법 안의 제갈묘는 상당히 분주하게 움직였다. 제갈묘가 벽의 몇몇 물건들을 건드리자 탁자가 돌아가며 지하로 통하는 통로가 모습을 드러낸 것이다.

제갈묘는 빠르게 제갈영영과 제갈문을 이끌고 지하로 통하는 계단으로 사라졌다. 그들이 사라지자 다시 탁자가 감쪽같이 제자리를 찾았다.

'후후, 재미있군. 재미있어!'

마현은 진법 안으로 들어가려 했지만 지금 들어가 봐야 소용없었다.

"걸왕 어르신."

"어서 진법을 파훼하지 않고 왜 나를 부르는 것이냐?"

"들어갈 필요가 없어졌습니다."

"……?"

"저를 따라오십시오."

마현은 걸왕에게 그리 말하고는 허공으로 몸을 훌쩍 날렸다.

그리고는 지하 토굴을 따라 움직이는 제갈묘와 제갈영영,

제갈문을 내려다보며 느긋하게 그들의 뒤를 따랐다.

급히 지하 토굴을 만들어서인지 그들은 구부정한 모습으로 뛰다시피 걷고 있었다. 투시마법으로 보이는 그들의 모습은 마치 땅속에서 살아가는 두더지를 연상시키기에 충분했다.

'도대체 뭐 하자는 것인지.'

도통 이해가 되지 않는 모습이었지만 걸왕은 허공에 떠서 움직이는 마현에게 보조를 맞춰 이동하기 시작했다. 적어도 마현이 아무런 이유 없이 움직일 위인이 아니니까.

마현과 걸왕의 움직임에 맞춰 흑풍대와 흑사신도 조용히 그 뒤를 따랐다.

허리를 곧게 펴기도 어려울 정도로 낮게 만들어진 토굴.

"헉헉헉!"

그 토굴을 따라 급히 뛰어가는 제갈묘와 제갈영영, 제갈문의 얼굴은 땀과 흙으로 지저분하게 변해 있었다. 그마나 흙만 파낸 토굴인지라 그들이 움직일 때마다 천장에서 흙더미가 우수수 떨어졌기 때문이다.

앞서 뛰던 제갈영영이 어느 순간 걸음을 멈췄다.

땀인지 눈물인지 모를 액체가 그녀의 얼굴을 가득 덮고 있었다.

"뭐 하느냐? 어서 뛰지 않고!"

가장 후미에 있던 제갈묘가 호통쳤다.

"흑흑, 아버지."

제갈영영은 울고 있었던 것이다.

"지금 이 급박한 시기에 고작 남자 하나 때문에 울음을 터트리다니! 어서 달리지 못할까."

"누나! 어서 달려. 살아야지. 나는 여기서 죽기 싫어. 적어도 나는 살아야 해! 어서 달려, 달리란 말이야!"

제갈문은 제갈영영의 등과 엉덩이를 강제로 밀었다.

제갈묘가 호통을 치고 제갈문이 보채자 제갈영영은 다시 입술을 깨물며 뛰기 시작했다.

그렇게 약 한식경쯤 달리자 토굴이 끝났다.

제갈영영은 토굴 끝을 가리고 있는 각목과 그 위를 덮고 있는 거적을 밀어젖혔다. 그렇게 만들어진 구멍으로 셋은 땅 위로 올라섰다.

토굴이 끝난 곳은 다름 아닌 빈민촌 구석에 위치한 허름하기 짝이 없는 민가 안이었다.

"어서 서두르자!"

제갈묘는 제갈영영과 제갈민을 데리고 민가 밖으로 나갔다.

"헉!"

제갈묘는 자신들이 빠져나온 민가 앞에 서 있는 마현을 본 순간 심장이 입 밖으로 튀어나오는 것처럼 놀랐다.

"꺄악!"

"으헉!"

뒤이어 민가를 뛰쳐나온 제갈영영과 제갈문도 마현을 본 순간 너무 놀라 비명을 지르고, 헛바람을 들이마셨다.

"도망가거라, 어서!"

제길묘가 이를 악물며 허리에 손을 올렸다. 하지만 그의 검은 진법을 발동시키느라 안가(安家)에 두고 온 상황. 제갈묘는 뺨을 씰룩거리더니 이내 양 주먹을 말아 쥐며 마현을 향해 신형을 날렸다.

"아버지!"

제갈영영은 얼굴을 감쌌고, 제갈문은 살기 위해 반대 방향으로 몸을 날렸다.

제갈묘는 빠르게 마현에게로 다가서며 매섭게 주먹을 내질렀다.

마현의 신형이 그 자리에서 사라졌다.

부우웅!

그러자 제갈묘의 주먹은 애꿎은 허공만을 두들겼다.

제갈묘의 머리 위에 모습을 드러낸 마현은 양손을 아래로 내렸다.

"세상의 모든 짐을 지우리라, 헤비 그래피티(Heavy gravity)!"

쿠웅!

대기의 중력이 강하게 제갈묘의 몸을 짓눌렀다.

"컥!"

제갈묘는 충격을 이기지 못했고, 그의 양 무릎은 형편없이 꺾이며 바닥에 무릎을 꿇었다.

"디그!"

이어진 마현의 마법.

제갈묘가 무릎을 꿇은 땅이 아래로 푹 꺼졌다.

그로 인해 제갈묘의 몸이 땅 속으로 파묻혔다.

마현은 다시 땅을 메웠다.

제갈묘는 머리만 내놓은 채 땅에 파묻혔다.

"소일 투 스톤(Soil to stone)!"

마기가 제갈묘를 파묻은 흙속으로 스며들었다.

좌좌좌좍!

마치 물에 얼음이 어는 것처럼 제갈묘을 파묻은 흙이 회색빛 바위로 변해갔다.

동시에 제갈묘의 머리에 마현의 홀드 마법이 쏟아져 내렸다.

쿵!

마치 바위에 갇힌 것처럼 변한 제갈묘 머리 앞으로 제갈문이 허공에서 처참하게 떨어져 나뒹굴었다.

"으악!"

제갈문 앞에는 왕귀진이 서 있었다.

"꺄아악!"

그런 제갈문 옆으로 제갈영영이 철용의 손길에 이끌려 내동댕이쳐졌다. 마현은 제갈문과 제갈영영을 제갈묘처럼 땅속에 파묻고는 그 주위를 바위로 만들어버렸다.

쿠그그극!

마현이 양손을 허공으로 까딱거리자 땅속에서 거대한 바위 세 개가 떠올랐다. 그 바위 속에는 제갈묘와 제갈영영, 제갈문이 파묻혀 있었다.

*　　　*　　　*

이른 아침.

밖에서 들리는 소란에 마현은 조용히 눈을 떴다.

"뭐가 이렇게 시끄러워? 앙?"

폐가 한쪽에서 잠을 자고 있던 걸왕이 자리에서 벌떡 일어나 신경질적으로 소리쳤다.

"저 태상방주님, 그리고 흑풍마군님."

북경 분타주인 궁개가 안으로 들어왔다.

"도대체 무슨 일인데 아침부터 이렇게 시끄러워!"

"황궁에서 손님이 찾아오셨습니다."

궁개가 얼른 소란의 이유를 말했다.

"황궁에서?"

걸왕은 낯을 찌푸리며 자리에 앉았다.

그때 폐가의 있으나마나한 문으로 내시 한 명이 들어섰다.

"오랜만에 뵙습니다."

가냘프지만 꽤나 박력이 들어간 목소리.

바로 동창도독인 박인태였다.

"그대는?"

마현은 그를 알아보고 자리에서 일어났다.

"대전회의가 열리기 전까지 모시고 오라는 황제폐하의 명이십니다."

"그렇군요."

마현은 고개를 끄덕였다.

"아! 그리고 어제 제갈세가의 안가가 완전히 부서졌던데……, 죄인들은 어디에 있는지……."

과연 동창이었다.

어제 일어난 일을 벌써 알고 있었던 것이다.

마현은 손을 뻗어 북경 분타 마당 한구석에 놓여있는 네 개의 커다란 바위를 가리켰다.

바위를 본 박인태는 고개를 갸웃거렸다.

"어디에 있다는 말씀인지……."

"저들을 데려가려면 고생 좀 해야 할 것이오."

마현의 말이 끝날 때쯤 박인태는 바위 한복판에 사람이 박혀있는 것을 발견하고는 눈동자를 동그랗게 떴다.

"끙!"

박인태는 앓는 소리를 삼키더니 동창의 무사들을 시켜 튼튼한 수레 네 대를 가져오라 명했다. 그리고 잠시 후, 동창 무사들이 낑낑거리며 네 개의 바위를 힘겹게 수레에 실을 수 있었다.

문제는 바위가 너무 무거워 수레가 좀처럼 나가지 않는다는 것이었다.

마현이 마법으로 바위의 무게를 슬쩍 가볍게 만들어주고 나서야 수레가 겨우 자금성으로 향했다.

"정말 싫다, 싫어! 으이구, 내 팔자야. 전생에 뭔 죄를 지었다고 말년에 이리도 고생을 하는지……, 에효!"

걸왕은 깨끗이 세안하고 깔끔한 옷으로 갈아입은 게 몹시 불편한지 연신 투덜거렸다.

*   *   *

이른 아침부터 태화전은 고관신료들로 북적이고 있었다.

동이 트기 전에 파발로 도착한 소식에 의하면 황제가 자리를 털고 일어났으며, 아침 일찍 대전회의를 개최한다는 황명이 담겨 있었던 것이다.

하지만 누구 하나 쾌차한 황제를 직접 본 이가 없고, 또한 깨어나자마자 대전회의까지 연다고 하니 신료들은 이 일을 두고 서로의 생각을 논의하기에 바빴다.

그로 인해 여느 때보다 태화전 내 대전은 상당히 소란스러웠다.

모두가 의문에 찬 얼굴로 대화를 나누고 있을 때 유독 심각한 표정을 짓는 한 무리가 있었다. 그들은 바로 원직, 장제, 유기량, 황영기였다.

"어젯밤 제갈세가의 안가에 괴한들이 들이닥쳤다고 하오."

"어허, 장 상서. 지금 그게 중요한 것이 아니네."

원직이 장제의 말을 잘라버렸다.

"그래도 어찌……"

"보나마나 무림인들의 짓일 것이외다."

유기량이 끼어들었다.

"그나저나 무슨 연유로 폐하께서 정신을 차린 후 바로 대전 회의를 여신 것인지……"

유기량의 말에 제갈세가에 대한 일은 금세 잊혀졌다.

"그러게 말입니다. 이러다가 자칫 무림말살정책에 제동이라도 걸린다면……"

"어허, 황 지휘사. 그런 불길한 말씀을 입에 담다니요."

원직은 황영기의 말에 낯을 찌푸렸다.

"그런 일이 일어나서는 아니 됩니다."

이 넷에게 있어서 무림말살정책은 반드시 실행되어야만 했다. 그래야만 조정의 대신들을 휘어잡아 무소불위의 권력을 손에 넣을 수 있기 때문이다.

그런 중요한 시기에 황제가 깨어났으니 그들은 다된 밥에 혹여나 재가 뿌려질까 전전긍긍할 수밖에 없었던 것이다.

"황제폐하께서는 온전한 몸이 아니십니다. 그리고 아직까지 수렴청정이 끝난 게 아니니 너무 심려를 하지 않아도 될 것입니다. 어차피 내일입니다. 하루만 시간을 벌면 됩니다. 중요한 것은 대전회의가 끝나는 대로 태후마마를 찾아뵙고 일을 진행시키는 것입니다."

원직의 말에 모두 각오를 다지며 고개를 끄덕였다.

"황제폐하 납시오!"

그 말에 삼삼오오 모여 있던 고관신료들이 오와 열을 맞춰 섰다. 원직, 장제, 유기량, 황영기, 이 네 사람도 각자 자리로 돌아가 자리를 잡고 섰다.

잠시 후, 병색이 완연한 황제가 내시의 부축을 받으며 용상에 앉았다.

"황태후마마 납시오!"

좌르르륵.

황제가 앉아 있는 용상 뒤로 발이 쳐지며 황태후도 대전에 모습을 드러냈다.

"이제 정사는 이 어미의 것이 아닙니다. 황상, 시작하세요."

"알겠습니다, 어마마마."

황제는 황태후를 향해 고개를 살짝 숙인 후 대전으로 고개를 돌렸다.

"짐이 쓰러진 뒤 참으로 많은 일이 있었다 들었노라."

그 말에 원직, 장제, 유기량, 그리고 황영기의 몸이 움찔거렸다.

그런 움직임을 황제는 유심히 내려다보고 있었다.

"짐의 부재를 틈타 세 치의 간악한 혀로 어마마마의 귀를 더럽히고, 제 욕심을 채우려는 자들이 있었다 들었다!"

얼굴의 병색이 무색하리만큼 위엄이 실린 황제의 목소리는 대전 안을 쩌렁쩌렁 뒤흔들었다.

그 소리에 원직을 비롯한 넷의 얼굴은 새하얗게 질렸다.

"황제폐하, 신 원직……."

"그 입 닥치지 못할까!"

황제는 원직을 향해 카랑카랑한 목소리로 호통을 쳤다.

일이 이렇게 진행되자 그동안 원직을 비롯한 군부의 실세들에게 힘을 실어주던 수많은 관료들도 자신들에게 불똥이 튈까봐 그들을 외면해버렸다.

"억울하옵나이다. 신은 오로지 종묘사직을 위태롭게 할 수 있는……."

"원직, 정녕 목이 달아나야 정신을 차리겠구나!"

황제의 목소리에는 노기가 극에 달했다.

"정말 억울하옵나이다!"

하지만 원직은 멈출 수 없었다.

일이 어떻게 진행될지는 몰라도 지금 물러난다면 자신은 죽은 목숨이나 다름없었기 때문이다.

"시끄럽다. 여봐라, 원직의 죄를 고할 죄인을 들게 하라!"

'서, 설마!'

원직의 눈동자가 파르르 떨렸다.

철컹, 철컹.

아니나 다를까. 쇠사슬로 포박된 제갈묘가 대전 안으로 끌려 들어왔다. 제갈묘를 본 순간, 그리고 그 뒤에 함께 모습을 드러낸 마현과 걸왕을 본 순간 원직의 몸은 석상처럼 굳어졌다.

"죄를 고하라."

황제의 명에 무릎이 꿇린 제갈묘가 힘겹게 고개를 들었다.

"짐의 약조를 믿으라."

황제의 그 말 한 마디에 제갈묘는 고개를 돌려 원직, 장제, 유기량, 그리고 황영기의 얼굴을 차례로 쳐다보았다.

그리고는 다시 황제를 올려다보며 지금껏 그들과 함께 꾸민 일들을 담담히 털어놓기 시작했다.

제갈묘의 말은 이러했다.

자신은 살기 위해, 그들은 공백 상태가 된 조정의 권력을 장악하기 위해 황태후를 감언이설로 속이고, 황제의 반사 상태를 이용하여 무림말살정책을 진행했다는 것이다.

그의 말이 계속될수록 넷의 얼굴은 하얗게 질려갔고, 대전 안은 수군거림과 놀람으로 인해 웅성거림이 커져갔다.

"거짓이옵니다. 거짓이옵니다, 폐하!"

원직은 살기 위해 목청껏 외치고 또 외쳤다.

"저자의 거짓된 망발에 넘어가지 마시옵소서."

장제와 황영기 역시 원직과 별반 다르지 않았다.

"지금 여기가 어디라고 그런 허황된 거짓으로 폐하의 귀를 더럽히는 것이냐!"

다만 유기량만은 묵묵히 서 있다가 제갈묘에게로 성큼성큼 걸어가 발을 휘둘렀다.

"컥!"

하지만 그 전에 마현의 손아귀에 목줄기가 잡혔다.

"박 도독!"

"하명하시옵소서, 폐하."

눈에 띄지 않은 곳에 서 있던 박인태가 모습을 드러냈다.

"당장 죄인들을 지하수옥에 처 넣으라!"

"명!"

박인태의 복명 소리가 울려 퍼지자 동창 무사들이 대전 안으로 들어와 넷을 끌어냈다.

"억울하옵나이다!"

그들은 끝까지 황제를 향해 애처롭게 소리쳤다.

원직과 장제, 유기량, 황영기가 동창의 손에 끌려 나가자 대전 안은 숨소리조차 들리지 않을 정도로 고요해졌다. 모든 대신들이 황제의 입을 주시하고 있었다.

자칫 잘못 입을 놀렸다가는 조금 전 그들처럼 나락으로 떨어질 수 있기 때문이다. 그렇기에 그들은 최대한 몸을 숙이고 또 숙였던 것이다.

그렇게 대전이 조용해지자 황제는 손을 들었다.

"대명호국대마장군 마현은 짐 앞으로 오라!"

황제의 말에 마현의 눈썹이 꿈틀거렸다.

이른 아침 황제와 나눈 이야기에는 지금 같은 상황은 없었기 때문이다.

하지만 황제의 지엄한 명을 거스를 수 없는 법.

마현은 황제 앞으로 다가갔다.

"모든 대신들은 들으라."

황제의 목소리에는 위엄이 담겼다.

"대명호국대마장군 마현은 짐의 목숨을 살린 은인이다."

"폐, 폐하."

마현은 깜짝 놀라 황제를 쳐다보았다.

"부마도위는 싫다고 했었지?"

마현의 얼굴이 굳어졌다.

질문을 던지는 황제의 얼굴에 승자의 미소가 어리고 있었기 때문이다.

황제는 그런 마현을 외면하며 자리에서 일어났다.

"오늘부로 마현은 짐의 의동생이다!"

"폐, 폐하!"

"그, 그건 아니 될 말씀이옵니다!"

고관신료들이 놀라 고개를 번쩍 들어올렸다.

"하여 그에게 흑풍마황의 별호를 짐이 손수 내리노라!"
"폐, 폐하!"
이번에는 마현이 황제를 불렀다.
"짐의 뜻을 받아들이지 않는다면 다시 황군을 무림으로 보내겠노라."
황제는 웃었다.
마현의 눈에 비친 황제의 웃음에는 자신감이 가득했다.
한순간 대전을 장악한 적막감.
황제는 신료들을 향해 눈을 부라렸다.
"원직의 작당들이 아직 숨어 있단 말이더냐!"
진노한 황제의 목소리가 쩌렁쩌렁 울리자 모든 일이 마무리되었다.
"흑풍마황! 만세! 만세! 만만세!"
대전 안에서 고관신료들의 만세 삼창이 울려 퍼졌다.
"으하하하!"
그 만세 삼창 속에 황제의 웃음소리가 섞여들었다.

에필로그

에필로그

청해성.

그리고 그 서쪽자락에 위치한 곤륜산.

사방으로 늘어뜨린 줄기가 팔백(八百) 리요, 하늘을 꿰뚫을 것처럼 솟아오른 높이가 무려 만(萬) 길.

어디 그뿐인가?

마치 아홉 개의 성을 층층이 쌓아놓은 듯한 광활한 산채는 또 어떠한가.

무릉도원이 있다면, 그 선경의 모습이 바로 곤륜산의 모습이리라.

하지만 마치 거인의 날카로운 거검을 인간들의 땅에 거꾸로

꽂아놓은 듯한 곤륜의 거산들은 애초에 인간들의 발길을 거부하려는 듯 험준하기 이를 데 없었다.

아무나 갈 수 없는 곳이기에 민초들은 곤륜산을 신선들의 산이라 부르는 게 아닐까 싶다.

곤륜산의 위치는 중원에서 서쪽 끝.

하지만 무림에서의 위치는 중앙이다.

그 이유는 바로 작금 황제의 의동생이자, 황제가 직접 흑풍마황(黑風魔皇)이라는 별호를 하사한 마현의 은거처가 바로 곤륜산이기 때문이다.

깎아지른 듯한 절벽 위를 가르는 한 도인이 있었다.

그 도인은 창공을 누비는 한 마리 매처럼 하늘로 솟구쳐 올라 산봉우리에 내려앉았다.

"후."

가볍게 숨을 토해내는 도인은 바로 학성이었다.

그는 넓은 소매를 가볍게 말아 이마에 난 땀을 닦았다.

눈앞에 펼쳐진 장대한 산경을 바라보며 학성은 감탄했다.

"이 장대한 산세라니…… 무당의 것에 전혀 뒤지지 않음이야."

학성은 땀에 젖은 몸을 잠시 바람에 맡겨둔 채 풍광을 감상했다.

'5년 만인가? 무심하다 타박하겠군.'

학성은 마현을 떠올리며 고소를 지었다.

하지만 학성은 5년간 눈코 뜰 새 없이 바빴다.

스승인 청명진인의 명에 의해 2년의 폐관 수련, 이어 학방으로부터 이어받은 태극수검의 자리.

문제는 그것이 끝이 아니었다는 것이다.

빠르면 1년, 늦어도 2,3년 사이 학방이 차기 장문직에 오를 것이다. 그에 맞춰 학성도 스승님의 자리인 진무각주의 자리를 이어받아야 한다. 그리고 그 생활이 안정될 때까지 쉬이 움직이지 못하니 앞으로 몇 년을 더 눈코 뜰 새 없이 보내야 할지 모른다.

그렇기에 학성은 어렵게 시간을 내 마현이 있는 곤륜산으로 온 것이었다.

'응?'

그때 예리한 기운이 그의 몸을 스치고 지나갔다.

팽팽하게 당겨져 끊어질 듯한 기세가 피부에 와 닿았다.

학성은 내력을 돋아 안력을 높였다.

은밀히 움직이는 그림자들.

포위하려는 무리와 도망치는 자.

학성의 눈에 쌍심지가 켜졌다.

'감히 여기가 어디라고!'

학성이 몸을 날리려는 순간이었다.

몸을 찌를 듯한 사기가 숲 속에서 끓어올랐다.

콰과광!

산을 뒤흔들며 화염이 용솟음쳤다.

*　　　*　　　*

『목표가 포착되었다!』
은밀히 날아온 전음.
『목표는 전방 10장.』
전음의 주인공은 바로 철용.
왕귀진은 그 전음에 은밀히 전방을 살폈다.
사사삭!
키가 낮은 관목이 검은 그림자에 쓸리며 흔들리고 있는 것이 보였다.
왕귀진의 입술 한쪽이 살짝 말려 올라갔다.
『2대는 후미를 맡으라.』
그 명에 철용을 따르는 15명의 흑풍대원이 은밀하게 숲을 돌았다.
약 일다경 후.
『준비 완료!』
『셋에 목표를 사로잡는다! 하나, 두······.』
왕귀진은 셋까지 세지 못하고 입을 닫아야했다.
흔들리던 관목 사이에서 목표가 보란 듯이 모습을 드러낸 것이다. 그리고는 왕귀진을 향해 비릿한 미소를 드러낸 것이다.

'아, 알고 있었다!'

곧 왕귀진의 눈이 부릅떠졌다.

빠르게 투시 마법을 일으켜 자신과 흑풍대가 서 있는 땅 속을 살폈다.

'젠장!'

왕귀진의 얼굴이 화락 일그러졌다.

자신들이 서 있는 땅 아래 무수히 깔린 마법 스크롤, 즉 마법 트랩이 깔려있었던 것이다.

『하, 함정이다! 피, 피해……!』

전음이 채 전달되기도 전에.

콰과광!

흑풍대가 서 있는 자리에서 화염이 용솟음 쳤다.

"까르르르르!"

천진난만한 아이의 웃음소리가 허공에서 울려 퍼졌다.

"메롱!"

대략 10살이나 되었을까 보이는 아이는 불길에 휘말려 그을림이 가득한 왕귀진과 흑풍대를 향해 손가락으로 눈두덩을 밑으로 내리며 혀를 날름 내밀었다.

"이익! 잡아라!"

왕귀진의 명에 흑풍대가 아이가 떠있는 허공으로 몸을 훌쩍 날렸다. 그에 맞춰 아이의 신형도 허공으로 빛살처럼 솟구쳐 올랐다.

 그 아이가 향한 곳은 바로 학성이 올라서있는 산정이었다.

 "허허허."

 자신을 향해 날아오는 아이를 보며 학성은 푸근한 미소를 지으며 끌어올렸던 내력을 갈무리하는 동시에 검자루에 얹었던 손을 풀었다.

 일단 그들에게서 살기가 없었고, 꼬마를 쫓는 이들이 바로 흑풍대였기 때문이다.

 학성이 알기에 흑풍대가 쩔쩔매며 쫓을 아이는 단 한 명.

 '많이 컸구나.'

 아이의 이름은 마성(魔星).

 바로 마현과 설린의 아이였다.

 마현과 설린을 쏙 빼어 닮은 마성은 흑풍대의 손에서 신나게 도망치다가 뚝 멈춰 섰다.

 "어?"

 마성은 학성을 보며 눈을 동그랗게 떴다.

 "나를 알아보겠느냐?"

 앙증맞은 표정으로 잠시 고민하던 아이가 손바닥을 딱 쳤다.

 "학성 아저씨!"

 그때였다.

 왕귀진이 마성의 뒤를 덮친 것이다.

"아악!"

자신이 흑풍대에게 쫓기고 있다는 사실을 잠시 잊었던 마성은 발버둥치며 앙증맞은 목소리로 소리를 질렀다. 하지만 왕귀진은 한 치의 용서도 없이 마성에게 점혈을 하는 동시에 마나동결 마법이 담긴 마법스크롤을 몸에 붙였다.

"ㅎㅎㅎ. 그만 포기하십시오, 소주군."

왕귀진은 음침한 웃음을 터트리며 마성을 어깨에 들쳐 메고는 학성 앞으로 툭 떨어졌다. 이어 흑풍대가 학성이 서있는 산정에 모습을 드러냈다.

다들 꽤나 고생을 한 흔적이 몸 곳곳에 보였다.

"놔 줘! 놔 줘! 가기 싫단 말이야!"

"안 됩니다, 소주군. 소주군을 모시지 못하면 저희가 주모께 죽습니다."

"치!"

그 말 때문인지, 아니면 어차피 왕귀진의 손에서 이제 벗어날 수 없다는 것을 인지한 때문인지 마성은 발버둥치는 것을 곧 그만두었다.

"감사합니다, 학성 도인님."

왕귀진은 뒤늦게 학성에게 인사를 건넸다.

"빈도가 한 게 그 무엇이 있다고?"

담담한 미소.

"주군을 찾아오셨습니까?"

"그렇습니다, 무량수불."

"저희가 앞장서겠습니다."

흑풍대가 산정으로 몸을 날렸고, 학성이 그 뒤를 따랐다.

그들이 향한 곳은 곤륜산 깊은 곳에 위치한 거산의 상정 봉우리. 말이 봉우리이지 거산의 산정은 반경 100여 장이 훌쩍 넘는 평지였다.

그 평지 중앙에 아담한 장원이 한 채 지어져 있었다.

바로 마현과 설린의 보금자리였다.

"스승님, 자꾸 자리를 비워도 되는 것입니까?"

사랑채 앞 평상에 허진과 설관악이 유유자적하게 앉아 바둑을 두고 있었고, 마현이 미간을 잔뜩 찌푸린 채 서 있었다.

"괜찮다. 사공찬, 그 녀석이 생각보다 능력이 꽤 출중하단 말이야."

마현은 마교 소교주 자리를 다시 이어받지 않고 설린과 함께 반쯤은 은거한 상태로 이곳에 자리를 잡았다. 문제는 허진이 사공찬에게 마교의 업무 태반을 모두 떠넘기고는 대부분의 날을 이곳에서 보낸다는 것이다.

문제는 설관악도 그런 허진과 죽이 맞아 닮아간다는 것이다.

"아빠! 또 왔어요?"

설린이 마현 곁으로 다가와 삐딱하게 서며 설관악을 쳐다보았다.

"냉천휘, 그 녀석도 능력이 출중해서 이 아비가 딱히 할 게 없더구나."
"그래도 자꾸 궁을 비우면 어떡해요?"
"거 뭐시기냐······."
설관악이 장원 한쪽 구석에 그려진 워프게이트진을 쳐다보았다.
"사돈, 섬광마지요."
허진이 능글맞은 목소리로 워프게이트진의 이름을 알려주었다.
"그래, 저게 있는데 무슨 걱정이더냐?"
설관악도 허진처럼 능글맞은 표정을 지어 보였다.
"에고 못살아!"
설린은 이마를 딱 짚었다.
탁!
그 사이 허진의 손이 반상(盤上)을 갈랐다.
"외통수로구나!"
허진이 희희낙락한 목소리로 외쳤다.
"아이구야! 사돈! 한 수만 물립시다!"
"허허허, 안 됩니다!"
허진은 수염을 쓰다듬으며 느긋하게 허리를 편 반면, 설관악은 얼굴을 화락 찌푸렸다. 그러더니 설린을 째려보았다.
"흥!"

설린이 고개를 팽 돌렸다.

"주모, 소주군을 모셔왔습니다."

그때 장원 정문으로 흑풍대가 들어섰다.

"어! 할아버지, 외할아버지!"

마성이 왕귀진의 어깨에서 내려와 허진과 설관악에게로 쪼르르 달려갔다.

"성이, 이 녀석!"

설린이 쌍심지를 켰고, 마성은 그런 설린을 피해 설관악과 허진의 등 뒤에 쏙 숨어버렸다.

"아이고, 우리 새끼!"

설관악은 마성을 품에 안으며 자리에서 일어났다.

"이 녀석 또 도망을 친 모양이로구나."

설관악의 가벼운 꾸중에 마성은 혀를 살짝 내밀고는 헤헤 웃음을 터트렸다.

"이 대사부랑 숨바꼭질하고 놀까?"

허진이 설관악과 마성 사이에 끼어들었다.

"대사부님. 그 전에 점혈이랑……."

"허허허!"

허진은 귀여운 마성의 표정에 웃음을 터트리며 머리를 쓰다듬어주었다.

"그건 이 외할아버지가 해주마."

설관악이 마성의 몸에 손을 데려고 할 때였다.

설린이 그들에게 성큼성큼 걸어가 마성의 귀를 움켜잡았다.
"아얏!"
"따라와!"
설린이 마성의 귀를 가차없이 잡아당겼다.
"어, 엄마! 아얏! 오늘은 진짜 공부하기 싫단 말이야! 할아버지, 대사부!"
마성은 설린의 손에 끌려가며 허진과 설관악을 애타게 불렀다.
"린아, 오늘 하루쯤은……."
"아가, 오랜만에 성이를 보는데……."
허진과 설관악이 말을 하는 순간, 비수보다 더 날카로운 설린의 눈빛이 둘에게로 날아가 꽂혔다.
"헙!"
"크흠!"
허진과 설관악은 그 눈빛에 단숨에 입을 닫아 버렸다.
설린이 마성을 데리고 안채로 들어가고.
"저런 아이가 아니었는데……."
"참한 아이였는데……."
멋쩍은 표정을 짓고 있는 둘에게 흑풍대를 따라 들어온 학성이 다가왔다.
"그간 평안들 하셨는지요."
학성은 예를 갖춰 허리를 숙였다.

"학성 도인이 아니신가. 그간 평안하셨는가?"
"염려해주신 덕분에 잘 지냈습니다."
"청명진인은 무고하시고?"
"예."
짧은 안부가 오간 후 학성은 공손하게 예를 취한 후 마현에게로 몸을 돌렸다.
"들어가서 차나 한 잔 할까?"
몇 해 만에 보는 사이였지만 마치 어제 만난 것처럼 둘의 대화는 편했다.
"좋지."
"들어가자. 밀린 이야기도 좀 하고."
마현은 학성을 데리고 사랑채에 있는 서실로 향했다.
"그러고 보니 흑사신 분들은 안 보이는구나?"
"심심하다고 해서 본교로 보냈다. 아이들이나 좀 가르쳐보라고."
"그렇군."
둘이 서실로 들어가자, 따뜻한 한 줄기의 바람이 날아와 장원을 보드랍게 쓰다듬어주었다.

〈완결〉

김정률 판타지 소설

FUSION FANTASY STORY & ADVENTURE

하프 블러드(Half Blood)의
블러디 스톰 레온,
블러디 나이트로 돌아왔다!

트루베니아 연대기

판타지의 신화를 창조해가는
최고의 작가 김정률!
『소드 엠페러』 그 신화의 시작.

『다크메이지』, 『하프블러드』,
『데이몬』에 이은 또 하나의 대작!

dream books
드림북스

시니어 신무협 장편소설
ORIENTAL FANTASYSTORY & ADVENTURE

일보신권
초절

문피아 골든 베스트 1위, 그 빛나는 영광!
시니어 신무협 장편소설.

천하를 놀라게 한 파격적인 소림무공,
그 비밀은 배고픔과 절제!

이제 무공도 근검절약의 시대,
최소한의 움직임으로 최대의 효과를 얻는다!

dream books
드림북스

Hell Drive

헬드라이브

엽사 판타지 장편소설
FANTASYSTORY & ADVENTURE

『능력복제술사COPY』, 『소울 드라이브』의 작가!
엽사 판타지 장편소설

세상의 모든 불길을
다스리는 화염의 지배자!

그를 분노케 하지 말라!
그가 눈을 뜨면 지옥의 문이 열린다!

dream books
드림북스